Escombros

Fernando Vallejo
Escombros

ALFAGUARA

Papel certificado por el Forest Stewardship Council®

MIXTO
Papel procedente de
fuentes responsables
FSC® C117695

Penguin
Random House
Grupo Editorial

Primera edición: octubre de 2021

© 2021, Fernando Vallejo
© 2021, Penguin Random House Grupo Editorial, SAS
Carrera 7 No 75-51, piso 7, Bogotá D. C., Colombia
PBX (57-1) 7430700
© 2021, Penguin Random House Grupo Editorial, S.A.U.
Travessera de Gràcia, 47-49. 08021 Barcelona

Printed in Spain – Impreso en España

ISBN: 978-84-204-5616-4
Depósito legal: B-10752-2021

Impreso en Unigraf, Móstoles (Madrid)

A L 5 6 1 6 A

A la 1 y 14 minutos de la tarde de ese martes siniestro me estaba afeitando cuando empezó el terremoto. David y yo habíamos regresado de Colombia la noche anterior en un vuelo muy accidentado que llegó al amanecer y nos habíamos ido a dormir sin ni siquiera desempacar las maletas. Olivia había llegado en la mañana, Brusca estaba esperando su comida y David seguía dormido. Todo parecía normal, nuestras vidas iban a transcurrir como siempre, en la felicidad, hasta donde cabe la felicidad en esta vida. La felicidad llega sin saludar y se va sin decir agua va, y entonces uno descubre que sí existía. O sea, cuando ya no existe más. Lo que tiene comienzo tiene que tener final. No hay día sin noche ni blanco sin negro. Todo llega, todo pasa, todo se va. Lo bueno y lo malo, la vida y la muerte. ¿O es que acaso los muertos se dan cuenta de que lo están?

Las sacudidas de la tierra empezaron a aumentar en las escalas de Richter y de Mercalli rumbo al terror como en el gran terremoto de años atrás que por poco no acaba con la Ciudad de México y sus habitantes.

—¡Don Fer, don Fer, está temblando!

Vea pues a esta mujer. Se va a caer el edificio y me dice que está temblando.

—Ya sé, Olivia, ya sé. Suba con Brusca a la azotea mientras voy por el señor al cuarto.

Brusca era nuestra perra, inmensa y con una fuerza que tumbaba muebles y gente por donde pasaba si se le atravesaban. Y el cuarto era el nuestro, el de la izquierda de los tres que el arquitecto que hizo el edificio ubicó en el fondo del apartamento para que los tres miraran extasiados, a través de las copas de los árboles del Parque México en los días claros, allá lejos, los dos volcanes del Popo y el Ixtla, que a lo que parece son amantes. Muy bien ubicados le quedaron los cuartos al arquitecto, con espléndida vista. Lástima que no hubiera construido el edificio en un barrio asentado en tierra firme, de la que descubrió Colón, y no en la colonia Hipódromo Condesa, que está en terreno acuoso, movedizo, incierto. Debajo de nuestro edificio y del barrio estaba *in illo tempore*, cuando aquí mandaban los aztecas, el lago de Texcoco, que se secó y quedamos montados, sin darnos cuenta, encima de un barrizal. Y dije «aquí» por decir «ahí», pues donde estoy ahora, mientras escribo, no es en la Ciudad de México temblando sino en Medellín, Colombia, que por lo pronto está quieta, con Brusquita a mi lado pero sin David. O mejor dicho también con él porque lo tengo aquí, donde me estoy señalando, en esta bomba de sangre que llaman el corazón. ¿O será más arriba? Y me toco la cabeza. No sé si en el uno o en la otra o si en los dos está. Mucho cuento es que medio sepa dónde estoy. Hoy en Medellín, mañana quién sabe. Nada está firme para el hombre. Dios lo hizo muy movedizo todo.

Estoy pues, como digo, en Medellín, capital de Colombia, tan lejos de México y David, pero adonde vaya llevándolos siempre a los dos adentro, con latidos del corazón y expansión del pecho. ¡Qué odiosos son los recuerdos, no dejan vivir! Yo que inventé el lector de pensamientos y de almas estoy inventando aquí, ante los propios ojos de ustedes, el borrador de recuerdos. Los felicito. Están presenciando un prodigio. Corrí pues al dormitorio a despertar a David pero ya estaba despierto, frotándose los ojos con una calma de 95 años.

—Levántate, por Dios, David, que se va a caer esto.

Se me hace que ya no le importaban a David ni Dios ni esto. Estaba más allá del bien y el mal. Como Nietzsche.

—¡Rápido, rápido, que se están rajando las paredes!

Nada de rápido. Con la calma del santo Job bajó los pies al suelo y se empezó a poner las medias con la desafiante intención de ponerse luego, uno después del otro, los zapatos.

—Zapatos no. Toma estas chanclas.

Que no eran chanclas sino pantuflas y que lo que él quería era zapatos.

Y en tanto hablaba, las cuatro paredes del cuarto iban de aquí para allá, de allá para acá, rajándose y cantando el aria de la locura. Y la infinidad de vírgenes que él tenía colgadas de las paredes —la de Guadalupe, la del Carmen, la del Socorro, la Inmaculada Concepción— se venían de cabeza contra el suelo. ¡Pum! ¡Pum! ¡Pum!

—¿Ya no querés vivir, o qué? —le pregunté con el vos antioqueño que se me sale en los momentos difíciles de la vida—. Bueno. Si lo que querés es que te caiga la plancha de la azotea encima, me voy p'arriba, que allá están Olivia y Brusquita, y después ya veré cómo te saco de los escombros.

Vivíamos en el último piso de ese edificio, en el séptimo, sobre el cual está la azotea. Como bien sabía por los terremotos anteriores, teníamos que subir a ella para caer encima del edificio y no al revés, el edificio encima de nosotros. Ya abajo, por nuestro propio pie, podríamos salir a la calle tranquilamente caminando desde el último piso vuelto el primero. En los terremotos un edificio del tamaño del nuestro, o sea, con siete pisos más el de la cochera y el conserje, queda reducido a dos metros de altura. Lo que encierran los departamentos y las casas entre las paredes, el piso y el techo es aire. Cuando uno compra apartamento o casa lo que compra es aire. Cajas de aire que llaman cuartos, comedores, cocinas, salas, baños…

Dos peligros mortales nos acechaban en la azotea: uno, los tinacos, de venenoso asbesto, unos inmensos depósitos de agua que pesaban toneladas, montados sobre nuestras cabezas en una estructura de cemento que habían rajado los años, y sucios a más no poder por décadas de no lavarlos, un hervidero de infusorios pasteurianos. Y dos, el tanque de gas amenazando con explotar. Una sutil fuga de gas subía silenciosa, traicionera, rumbo al cielo de Dios.

—¡Se está cayendo el edificio de enfrente, don Fer! Mire, mire.

—¡Cuál, Olivia, que no veo! Me vine con las gafas de cerca porque no alcancé a cambiármelas por las de lejos. ¿Cuál dice que se está cayendo, el de Ripstein?

—No, el de la derecha, el de la esquina.

Nos agarrábamos del alambre de gallinero que cercaba los tendederos de ropa para que el terremoto no nos tumbara, reteniendo yo a Brusca por la correa del cuello no se me fuera a zafar y echara a correr despavorida y por sobre los muros de la azotea, que eran muy bajos, se me fuera al abismo.

—¡Auxilio, auxilio, que me están matando! —gritaba la Ciudad de México aterrorizada.

Los edificios se desplomaban y al dar contra el suelo levantaban unos polvaderones tremendos. El pandemónium. Yo no alcanzaba a ver lo que pasaba pero Olivia me iba informando. A través de las copas de los árboles del camellón de la Avenida Ámsterdam ella veía los pisos superiores de los edificios de la acera de enfrente desapareciendo de su vista, haciendo mutis hacia abajo para levantar, al llegar a tierra firme, su correspondiente polvaderón, que subía hasta nosotros y nos entraba por las narices. ¡Puuum! Segundo edificio colapsado en la acera de enfrente y Olivia anunciándomelo:

—¡Se cayó el del señor Ripstein, don Fer!

¡Qué se iba a caer, pura histeria de mujer! Las mujeres son alharacosas y dañinas, se hacen preñar para tener hijos que tarde que temprano se mueren y se los comen los gusanos, las llamas o los peces, según sea que los entierren, los cremen o caigan en aguas de río, lago o mar. Nada de lo cual me entusiasma. En fin, el edificio de Ripstein no cayó, resistió. El que sí se fue al suelo fue el de su izquierda, tal y como se había ido segundos antes el de su derecha. De esta suerte el cineasta Ripstein quedó sin vecinos a lado y lado, entre dos vacíos. ¡Qué afortunado! Mientras menos vecinos menos enemigos. A medida que crecemos y empezamos a abrirnos caminos de subsistencia, nos vamos llenando de enemigos y de discrepantes. De los unos, en los años que tengo me he conseguido decenas; y de los otros miles. Millares de discrepantes es algo en la vida, ¿o no? Quiere decir que uno sí existe.

Por lo pronto en estas noches de bruma mi barrio de Laureles se me está llenando de desechables, que en Colombia se dan en dos tipos: zombis y fantasmas. Los zombis no dejan dormir con sus tambores africanos, y si uno sale de noche a la calle a pedirles que paren, se lo comen porque están muertos de hambre. Y los fantasmas, en su condición de inconsútiles, atraviesan los muros de las casas ajenas a ver qué hay, y al irse dejan jirones pegados de las paredes como telarañas. ¡Qué peste! No sé por qué no interviene el alcalde Quintero. Este taimado es un ambicioso dañino. Por ponerse a votar por él de ociosa, mi ciudad cayó en las manos de la ineptitud más perniciosa que haya brillado bajo el sol por estas latitudes. No sé si toda Colombia está en el mismo caso, y a lo mejor el mundo. Si sí, allá ellos. Y si no, también, que se jodan.

De noche no se ve y de día la bruma permanente que causan los incendios de los bosques me limita mucho el horizonte. Voy lento y alcanzo a distinguir a dos metros. Lo suficiente para no caer con Brusca en el hueco sin tapa de una alcantarilla municipal. Como las tapas son de hierro… Y como el hierro lo persiguen los reducidores… Les compran las tapas a los desechables, que son los que se las roban. Si usted quiere invertir, compre hierro. Oro no. El oro hoy no sirve ni para hacer empastes de dientes. Por reducidores aquí entendemos los revendedores de cosas robadas. ¿Pero quedarán todavía reducidores? ¿No habrá acabado con ellos la peste? Sabrá Dios, que lo ve todo. Yo aquí sin Internet no sé nada. ¡No ser yo presidente de Colombia para fusilar al alcalde, a los reducidores y a los desechables, y acabar de una vez por todas con estas fantasmagorías y sinvergüencerías!

Vuelvo a Ripstein, mi vecino cineasta de la acera de enfrente. Está al otro lado del camellón y a la misma altura nuestra pues también ocupa el último piso de su edificio. Como quien dice vive a tiro de piedra. Pues desde su privilegiada atalaya nos ve y nos filma con una cámara digital de última generación montada en un trípode, y que echa a andar para que grabe de día y de noche, sin cesar, con la esperanza de captar algún día, en la sala nuestra, una orgía interesante que le gane la Palma de Oro del Festival de Cannes. ¡Y a mí en qué me afecta! Que grabe o filme lo que se le antoje. ¡Que enfoque bien su teleobjetivo, se gane la palma esa y sea feliz!

Ahora estoy sin agua, sin luz, sin Internet, sin teléfono ni control mental, aislado del resto de Medellín y el mundo. ¿Qué habrá pasado allá afuera? ¿Seguirá aterrorizando a la humanidad la tremebunda peste de la deshonestidad y el miedo que se ha apoderado de ella? ¿O habrá estallado por fin la guerra nuclear que acabe con todas nuestras desdichas? Si estalló, pues entonces Laureles quedó como una isla en medio de un planeta calcinado, en cenizas. Mejor no volver a salir más con Brusca por las calles, no sea que también esté ardiendo el pavimento y se queme las patas. Los perros no usan zapatos. ¡Cómo la pongo a caminar por sobre brasas!

¡Qué suerte la mía, qué final más siniestro, huele a podrido! De entrada, dos terremotos en México; de plato fuerte, la muerte de David; y ahora este ruido incesante y estas miasmas pestilentes que se me meten por la nariz y me envenenan el alma. ¿Qué más me deparará la Muerte, mi señora? ¿Vendrá por fin por mí y por mi perra? ¡Cómo pretendo que venga, si está ocupada afuera matando y matando con guadaña, con azadón, con metralla, con lo que pueda, metiendo en cintura a este país de zánganos que viven de fiesta en fiesta y de puente en puente! ¡Qué dura es la vida! ¡Pero qué larga puede ser la eternidad, con uno al garete por el espacio infinito! Decía mi mamá cuando se le moría un hijo: «Bendito sea Dios que descansó». Y los que quedábamos le preguntábamos: «¿Quién descansó de quién, mami? ¿Nosotros de Dios, o Él de nosotros?» Veinte hijos tuvo esta loca, de los que solo alcanzó a enterrar quince. Cinco se le escaparon. Uno de los escapados parece que ya está también a un paso del descanso, yo. Porque tengo a Brusca, si no… Me pegaría un tiro en el cuentasegundos y problema resuelto.

El edificio de Ripstein quedó en pie, lo cual constaté al día siguiente cuando bajé con Brusca a pasearla. De lejos, para no estorbar en el rescate, veía lo que ocurría en la acera de Ripstein: un gentío de buenos ciudadanos se congregaba frente a los edificios caídos, rescatistas ad hoc que se iban integrando a las filas de los que sacaban los escombros y se los iban pasando de mano en mano, ladrillo por ladrillo, piedra por piedra, en busca de los sobrevivientes y los muertos. Y los perros rescatistas olfateando, escarbando con las patas, guiándolos. «¿Y el señor Ripstein?», pregunté. Que estaba bien, me contestaron. Que lo habían bajado los bomberos de su departamento con una grúa. Había quedado en vernos en el borde superior de su edificio. ¡Se salvó! La gravedad no discrimina, es justiciera, no distingue entre hombre y piedra. Pero permítanme volver atrás para retomar el relato donde lo dejé que todavía no he acabado con el terremoto. Se sigue moviendo la tierra.

—Ya, ya, ya. Para, para. Fue suficiente. ¿No te bastó minuto y medio?

No bien se aquietó la maldita tierra bajé dando tropezones por la escalera despedazada, dejando a Olivia y a Brusca en la azotea. La puerta del departamento seguía abierta, tal como la dejé. Y menos mal porque se me habían quedado las llaves adentro. Entré. Ya sé por fin lo que va a ser el fin del mundo, en ese instante tuve una visión profética: ¡el Armagedón! Una fina lluvia de yeso llovía del techo. El candil veneciano seguía oscilando, oscilando, pero cada vez menos y menos hasta que cayó, atomizándose en el suelo en una fiesta de reflejos policromos de esquirlas vidriosas. El cuadro victoriano de los patos de dos o tres metros, y que habríamos podido vender por otros tantos millones asegurando el sustento de nuestra vejez, desprendido de un lado y colgando del otro como un Cristo desbalanceado con un brazo arriba y otro abajo. Y lo peor: clavado en el puro centro por la lanza de un hierro brotado de la pared. El tapiz de los muros, rasgado. Sillas quebradas, santos desmembrados, sillones despanzurrados, mesas patasarribiadas, muros rajados, techos resquebrajados, estatuas derrumbadas… La esplendorosa talla colonial de San Miguel Arcángel con el demonio, decapitada. La cabeza del arcángel fue a dar a la mano del demonio, que gracias al terremoto la cachó como un balón. Otra talla colonial, un San Antonio de no sé qué, creo que de Padua, quedó recostado contra una pared, con la cabeza en su lugar pero sin un brazo. Los ceniceros de la mesita de centro que David había ido juntando durante una vida y que Olivia sacudía uno por uno a diario y los ordenaba gastando una hora de su precioso tiempo, empolvados y en plena dispersión. Mi Steinway de Hamburgo (mejor que los de Nueva York y muchísimo más caro), a un paso de irse por el ventanal de la sala como se había ido el otro en el otro terremoto. Y el piano cuadrilongo de los tiempos de Chopin que David usaba como mesa de exhibición para su colección de fotos dedicadas a él por los grandes artistas con los que había trabajado, vuelto un caos de portarretratos destrozados. Tal el fin de las estrellas y las vanidades humanas. Y sobre nuestras alfombras persas, que por lo visto no resultaron voladoras, un vidrierío de terror: copas de bacará, porcelana de Limoges, caballos de arcilla de la dinastía Ming, un vaso Fortuny de antes del Renacimiento, bodegones, jarrones, etcétera, etcétera, todo en el suelo. Una vida entera en astillas, en añicos, en pedacitos, la de David, y arrastrada por la suya la mía. De no creer. Mis ojos que tanto han visto se me salían de las órbitas tratando de abarcar la magnitud del desastre. Astillas y más astillas, añicos y más añicos cubriendo el piso y punzándome con alfilerazos el alma. Hasta bonito se veía el vidrierío donde le daba luz, por las chispas multicolores que despedía. Y el Antinoo de mármol de Carrara, que después de resistir dos milenios sin un desperfecto ni en un dedito de un pie, ¡en pedazos! Pedazos de una belleza marmórea que tanto me excitaba, y mucho más limpia que el modelo real. Los bitinios del año 100 poco más se bañaban.

15

—Quietas ahí, no se muevan —les dije a Olivia y a Brusca deteniéndolas con la mano en el umbral de la puerta.

Acababan de bajar de la azotea y miraban el desastre con ojos desconcertados. Y luego me miraban a mí como preguntándome: ¿Qué opina de esto, usted que es el que sabe?

—Si la perrita da un paso más —le dije a Olivia—, se corta las patas y se nos desangra. Mire cómo está eso. Voy por una escoba y el recogedor para abrirles camino.

Y avanzando sobre una alfombra cubierta de añicos, que bajo mis zapatos iban diciendo «craaac, craaac, craaac», tomé hacia el cuarto de la lavadora pasando por la cocina, convertida esta en un caos pegajoso, empalagoso, de botellas quebradas con el contenido regado en el piso: aceite, vinagre, miel, gaseosas, mermelada, y el conjunto condimentado con pimienta, sal, azúcar, yerbas de olor, chile en polvo y su buen chorro de salsa inglesa de soya. Mis zapatos, tachonados de añicos, a cada paso mío tenían que luchar por desprenderse del piso pringoso, al que se quedaban pegados en virtud de las fuerzas electrostáticas de la naturaleza. Por el corredorcito exterior llegué al cuarto de servicio donde entre bolsas de detergente regado y pedazos de techo y muros que habían caído sobre el piso y la lavadora encontré la escoba y el recogedor de basura. Con ellos volví a la sala.

—Voy al cuarto por el señor, a ver si me dejan pasar los muebles caídos. Me esperan ustedes dos ahí quietecitas, no se muevan.

Y tomé por el pasillo hacia el cuarto nuestro con el corazón dando tumbos y rogándole al Señor que encontrara bien a David. Lo encontré como lo dejé, sentado en la cama, abrumado por el desastre y los años, con la mirada perdida en el vacío. Entendí en ese instante que nuestras vidas estaban terminadas y que lo que siguiera para mí salía sobrando.

En los rincones de la recámara fui amontonando las astillas y los añicos del espejo y de los vidrios de los cuadros que se habían desprendido de las paredes (exvotos, vírgenes y santos), y cuando el piso quedó despejado volví a la sala por Brusca.

Hoy amaneció Laureles con las calles vacías. Salí a pasear a Brusca y no me crucé con nadie. Del balcón de un edificio se asomó un viejo un instante. Un espectro apareció en la esquina de mi calle con la Avenida Nutibara, con la nariz y la boca cubiertas por un tapabocas. ¿Y por qué no se tapaba también los ojos con un tapaojos, no fuera que la peste le entrara por ahí? Han pasado dos años de mi regreso de México a Colombia y no consigo quitarme un instante de la cabeza el terremoto y la muerte de David. Siento que me van a perseguir hasta la mía. «Crac, crac, crac» decían mis zapatos cuando pasaba sobre los añicos que tapizaban las alfombras del departamento. Me recuerdo abriendo un camino con la escoba para poderme mover. Por ese primer camino llegué al cuarto y vi a David sentado en la cama, como conté, perdido en la nada, sin remedio.

—Me voy —me dijo Olivia cuando volví a la sala—. Mi celular no funciona y no sé qué pasó con mis hijos. Recoja agua en la bañera por si la cortan, don Fer. Adiós.

—Baje rápido por la escalera no le vaya a caer encima el edificio por una réplica —le recomendé—. Y timbre por el interfón al salir para yo saber que llegó.

No timbró. No había interfón. No funcionaba. Nada volvió a funcionar. Ni en México, ni en Colombia, ni en el mundo, ni en mi cabeza. Nunca más. El daño que me hizo Dios sin irle ni venirle fue «irreparable» como se dice rápido. Nervio que se corte, nervio que se jode. Y si usted apaga un cerebro desconectándolo del todo, no lo volverá a reconectar nadie jamás, así lo intenten desde este instante en que le estoy hablando hasta el fin de la eternidad.

Lo de recoger agua en la bañera se lo había enseñado yo. «Cada vez que tiemble —le encargaba— recoja agua en la bañera por si la cortan». Incluso almacené durante un buen tiempo agua en unos tinacos enormes en el cuarto de la lavadora por si estallaba la guerra nuclear: se me fueron llenando en el fondo de lodo y de pasteurianos infusorios. La vida insiste en seguir y seguir y se aferra hasta a las piedras. Todo lo coloniza. De una roca brota una hierbita. Quiere apoderarse de todo el Universo. He ahí la última razón, *la causa causarum* de nuestras infinitas desventuras y desdichas: la reproducción. En la maldita proliferación de esta horda de insistentes que se siguen propagando a costa de la materia inocente radica el Mal. Astro sin vida, astro que no sufre. Los agujeros negros se la pasan muy bien tragando estrellas, y ellas dejándose tragar. No sufren. Ni los tragones ni las tragadas. De todos modos no puedo hacer nada para impedir el engullimiento, varado como estoy en el planeta Tierra. Resumiendo y para que quede claro: soy un defensor acérrimo de los derechos de la materia. Vida equivale a dolor y a muerte. No más vida, no más dolor, no más muerte, dejen a la materia en paz, paren esta joda, no la vivifiquen.

Le puse el tapón al desagüe de la bañera y abrí la llave. Preciso, no había agua. Dos miserables gotas pantanosas se escurrieron y después silencio absoluto del vital líquido. Prendí el foco a ver si había luz y lo mismo, habían cortado el vital fluido. Cada vez que temblaba, la Compañía de Luz y Fuerza del Centro cortaba la electricidad para evitar incendios. ¡Incendios los que se iban a desatar cuando empezara a prender velas esta población conectada al Global Positioning System pero sin educación velífera! El hombre de hoy no sabe de velas, ignora lo peligrosas que son. En este campo es un analfabeto. Vela prendida, con vientecito que sople quema casa. Y casa que arde sigue con otra y esta con otra y esta con otra hasta que haciendo de la unión la fuerza queman la ciudad entera. Ya me imaginaba los titulares de la prensa mexicana del día siguiente, miércoles, saliéndose de la página impresa entre llamas rojas como las de los cromos del purgatorio o del infierno: «Arde México después de terremoto». ¡Periodistas idiotas! Durante un verano en que nos calcinábamos, otro de estos titulares estúpidos clamaba al cielo: «¡Nos morimos de calor!»

Como para Olivia lo primero eran sus hijos, y como tampoco quería volver al edificio por el terror que le producían temblores y terremotos, nos abandonó después de veinte años de estar con nosotros en medio de sacudidas de la tierra. Ni adiós nos pudo decir porque no sonó el interfón, ni volvió a sonar nunca más, como tampoco volvió a repicar con su alegre rinrín el teléfono. Dos viejos con sus huesudos pies a un paso de la tumba quedaron en el desamparo, acompañados por una perra voluntariosa en un edificio en ruinas. Tramos de escalera fracturados, muros agrietados, columnas rajadas, vigas cuarteadas, vidrios quebrados, sin agua, ni luz, ni ascensor, ni portero, ni Internet, ni teléfono, pero sin «condóminos», como llaman en México a los copropietarios de los «condominios», estos hervideros de odios y mezquindades de la propiedad horizontal en los que se hacina hoy el género humano. Los humanos no nacimos para vivir en sociedad. Cuando Dios hizo en el paraíso a nuestros primeros progenitores ni se imaginaba lo que le iban a resultar sus criaturitas: unas bestiezuelas proliferantes de una lujuria irrefrenable y con una marcada tendencia sexual al hacinamiento y a la creciente maldad. Y con esta manía de comer y comer y destruir y destruir y devastar y devastar estamos convirtiendo al planeta azul en un yermo.

Cuando se soltó el terremoto brillaba el sol en su vasta bóveda celeste, pero previsor como soy por el ejemplo que me dio mi mamá en mi torrentosa infancia, previendo la oscuridad de la noche volví a la cocina en busca de velas. ¡Qué endemoniado escombrero! El pesado armario michoacano de madera que subía de piso a techo adosado a la pared se desprendió de la pared y del techo se vino al suelo aunque sin alcanzar a llegar porque lo detuvo la mesa accesoria de centro volviéndola un rebotadero de frascos y botellas que iban a dar contra los vidrios de las ventanas que daban al parque. Al Parque México. Sobre el cual llovió una preciosa lluvia de cristales translúcidos. Un *happening* de artista. Tazas, sartenes, ollas, platos, vasos, cubiertos, saleros, aceiteros, vinagreras, azucareras, todo en el piso por aquí y por allá en pedazos y regados sus contenidos, como el del frasco de la miel, sobre la que volaban las negras moscas en inspección aérea. Despedida del michoacano mueble y caída en tierra por la fuerza de gravedad, una caja de costurero mostraba su contenido esparcido sobre las embadurnadas y pegostiosas baldosas: hilos, agujas, botones, dedales y (bendito sea Dios, que gracias a Dios existe), una vela con sus necesarísimos cerillos. Y que mi extraviada mirada en esos momentos pasa por la estufa de gas y detecta, mientras mi olfato huele, una fuguita como la del tanque de la azotea del que hablé arriba. «Dios mío, no me dejes caer en la tentación de prender con estos cerillos esta vela a ver qué pasa, pues no solo está en juego la vida mía sino también las de David y Brusca. Aparta de mí este cáliz que no contiene de beber más que vinagre». Y no solo me dio fuerzas para resistir los destructores impulsos de mi enajenada alma, sino también para mover, con mis desfallecidas fuerzas de anciano semidecrépito, la pesada estufa, y cerrar por detrás la llave del gas. ¡Qué cochambre la que ocultaba esa calientaollas en su trasero! De no creer. Medio siglo sin limpiarla ni mirarla nadie porque lo que ojos no ven corazón no siente. Total, la más espectacular belleza humana contiene en su interior unas tripas puercas. Quedé pues armado de vela y cerillos ¡y que se me viniera encima la oscuridad de la noche! En noche oscura sin luz, y en semejante caos en que quedó el departamento, no ve ni un ciego con bastón.

Volví a la recámara a inspeccionar: Brusca, acomodada en la cama de David cuan ancha y larga era, a un paso de tirarlo a él al suelo. ¡Pero cómo la queríamos los dos! Imposible decir cuál más. Salí cerrando la puerta suavecito. No la dejé abierta porque la loca Brusca se me habría salido en un descuido mío a cortarse las patas en el pasillo. ¡Ah con esta muchachita tan tocada de la mansarda! ¡No estar yo en su lugar para vivir tranquilo y feliz como ella! Tengo que ver hasta por dónde camina. Y yo bien ciego, con transplantes de córnea en ojo y ojo que me hizo el doctor Barraquer con córneas de sicarios que me dejaron viendo policías por todas partes…

Brusca dormía en las dos camas así: un rato conmigo y otro con David. Nos daba por turnos su amor. Cuando decía: «Me harté de esta cama, me voy pa' la otra», no había forma de hacerla desistir. «Quédate otro ratito conmigo, Brusquita, que estoy muy angustiado y no puedo dormir». Las paredes no oyen, ¡para qué les habla uno! Les importa un comino mi angustia y mi insomnio. Y la sorda del corazón saltaba a la otra cama a dormir con David.

Dejando pues en la seguridad del cuarto a las dos últimas razones de mi vida (creo que les ha quedado bien claro que eran él y ella), volví a la sala en busca de candeleros y más velas. En el closetcito de los vinos y la champaña recordé que había un paquete. ¿Y cómo abrir la puerta del closetcito si el terremoto la dejó atorada? Medio la abrí pero para ver una escena dantesca: nuestros vinos generosos y nuestras espumosas champañas regando los añicos de sus botellas pulverizadas, generosamente los unos y espumosamente las otras. Y por ningún lado velas. Sobre la tapa del piano cuadrilongo de los tiempos de Chopin, ¿no había acaso un candelero con vela entre los portarretratos? ¿Con un cabo de vela chorreado?

—Pues no está. Miré y miré y no está.

—No está arriba, hombre, pero sí tirado entre los marcos y las fotos despedazadas sobre la alfombra. Mirá hacia abajo y verás. ¿O es que no ves? ¿Sos ciego, o qué?

—No me tratés de ciego ni de estúpido —me contestaba.

Tal el diálogo que sostenía conmigo mismo, que es con quien hablo todo el tiempo. ¿Y el Steinway de cola de Hamburgo a dónde fue a dar que no lo veía? Que no me viniera el otro a decir que se fue como el otro, como el de Nueva York, que en el gran terremoto de años atrás (ya ni sé cuántos, décadas) salió volando por el ventanal de la sala rumbo al camellón de Ámsterdam. Contra sus adoquines fue a exhalar su último suspiro dando tres notas juntas: do, mi, sol: el acorde de tónica de Do mayor, la tonalidad de los niños. Con esa empiezo yo a enseñarles a los culicagaditos a tocar el piano. A no aporrearlo.

Nooooo, el Steinway de Hamburgo seguía en su sitio impertérrito. Lo que pasaba era que de tanto ir y venir me sentía mareado y veía el suelo bailando en el techo entre estrellitas. ¿Estaría también mal del hígado? Con la presión baja, que me mantiene las manos frías (o sea «hipotenso» como dicen los médicos, que son los que saben) y medio ciego y desfalleciente por hartazgo de comer después de tantos años de enviciamiento, ¿cómo puedo estar escribiendo ahora este libro? Milagros del Señor.

El que sí me planteaba un problema, y grave, era el cuadrilongo de Chopin que pesaba toneladas y al que el terremoto le ladeó una pata dejándolo entre si caía o no caía, entre la vida y la muerte. ¿Y cómo enderezaba yo solo esa pata sin la ayuda de nadie pues Dios solo me dio dos manos y me quedó debiendo la tercera? Con las dos que me dio lo más que habría logrado, con gran esfuerzo y al costo de una hernia, sería levantar un palmo el piano, ¿pero de dónde sacaba la tercera mano para enderezar la pata y enchufarla en su hueco de arriba mientras con las otras dos lo sostenía alzado? Definitivamente lo irremediable es lo que no tiene remedio.

Miré el reloj y eran las tres de la tarde, hora de sacar a Brusca a la calle. Si esta muchacha hubiera querido aprender a hacer las que llaman «necesidades» en el corredorcito de la cocina que tan buena vista tenía, me podría ocupar yo entonces de las urgencias del momento, que me abrumaban. Pero no. Nunca quiso en el corredorcito, no se le antojaba. Ni en la azotea tampoco. Tenía que ser en la calle y en el más impropio lugar, donde su real gana dijera y delante del que pasara y mirara, así fuera el mismísimo papa. Las vergüenzas que me hacía pasar…

—David, voy a salir con Brusca, no me queda más remedio. ¿Te sientes bien?

No contestaba. Se había sumido en un silencio terrorífico. No teníamos más hija que Brusca ni otro agarradero en la vida, y él estaba a un paso de dejarnos. Brusca lo era todo para los dos. Y él, para ella y para mí.

Tampoco esta caprichosa muchacha se dignó nunca ni tan siquiera a orinar en el corredorcito o en la azotea. Lo que le gustaba para sus urgencias era el Parque México (cerca al lago de los patos o en alguno de sus senderos), o bien el camellón de Ámsterdam, o bien los sitios a los que hoy les dio por llamar dizque «icónicos», o sea los más destacados de la colonia. Iba Brusca leyendo con el olfato el libro de la calle hasta que un pasaje especialmente interesante la retenía y ahí teníamos el sitio que su obstinación buscaba. Y haciéndome el desentendido yo miraba hacia arriba, hacia el azul del cielo cuando estaba azul. ¿Pasaba alguno? Que pasara. ¿Miraba alguno? Que mirara. Y a continuación yo recogía en una bolsita de plástico el producto de tanto desvelo, la tiraba en un bote de basura público, y emprendíamos el camino de vuelta a casa ensimismándome de nuevo en mis abstrusos pensamientos fisicofilosóficos que por poco no me hacen caer un día en el hueco sin tapa de una alcantarilla. Me absorbía por ejemplo en el misterio de la gravedad que nos retiene en la superficie de la Tierra impidiéndonos flotar como astronautas. Sabrá Dios por qué hizo esto así. A mí no me cabía en la cabeza razón ninguna porque la sinrazón es la que lo mueve todo y punto. Rechazo las leyes físicas y las del congreso. Soy anárquico. O mejor dicho era, fui, hoy me resigno a lo que venga. Una patria que echa a la tercera parte de sus hijos y los manda a lavar inodoros en los Estados Unidos, los Emiratos Árabes Unidos, etcétera, etcétera, de suerte que le giren desde allá divisas para la manutención de sus corruptos, más dos terremotos devastadores y dos o tres vicios propios adquiridos y jamás vencidos, la suma de lo anterior acaba hasta con la voluntad más firme y le hacen agachar al más soberbio la cabeza. Como la agaché yo, que decidí someterme a la realidad, el único asidero que tenemos los mortales mientras estemos vivos. O estaba en ella o no estaba. «Por lo pronto, mejor estar que no estar», me decía tras el terremoto. Después ya se vería. Varios años después del «después» y del «vería», sigo en veremos. No veo claro. Tal vez ya sea uno de los rendidos a la realidad como mi lejano yo me propuso. O tal vez no. A lo mejor no. Vaca vieja no olvida el portillo. ¡Carajo, yo soy yo y moriré en plena rebelión contra cuanto haya y pueda haber como he vivido! Si tuve un desaliento de un minuto, no fue de dos. Fue pasajero.

Bajamos Brusca y yo por la despedazada escalera y llegamos al hall de entrada. Por el vidrio esmerilado que lo separaba de la cochera, ahora partido en puntiagudos pedazos que herían la mirada, le eché un vistazo a esa porqueriza donde vivían el conserje y su mujer a ver qué había quedado. Todo había quedado. Quedó la cisterna del agua, la bomba eléctrica para subirla a la azotea, los toneles de lámina para echar la basura colectiva de siete pisos más la de la planta baja con los dos cuartuchos del par de puercos mencionados. Sí quedaron. Pero destrozados y arruinados. Por los huecos de desagüe, cuyos tapones de hierro desde hacía años se los habían robado, unas ratas grisáceas de hermosas pieles se asomaban y nos cruzamos las miradas.

—No teman nada, niñas, que el edificio les pertenece. Aquí yo soy el que manda. Por obra del Supremo les queda asignado. Pasen.

Y salimos Brusca y yo a la calle y vimos de lejitos la acera de enfrente. Filas de espontáneos iban sacando ladrillos y bloques de cemento de los edificios derrumbados y se los pasaban de mano en mano mientras los perros rescatistas husmeaban entre los escombros buscando sobrevivientes. La escena me retrotrajo al gran terremoto de tanto tiempo atrás que mató a veinticinco mil y tumbó otras tantas construcciones. La ciudad quedó entonces bajo el control de la gente pues el gobierno del PRI, el partido de ladrones que desde hacía décadas saqueaba a México, desapareció tras la catástrofe abandonando a su suerte la ciudad. En la cercana Colonia Roma, a la que fui con Bruja, mi perra de entonces y a la que quería tanto como hoy quiero a Brusca, se había desplomado cuando menos un edificio por manzana, y los espontáneos luchaban por sacar de entre las ruinas a los vivos y a los muertos. Lo mismo vuelvo a verlo en el terremoto de ahora. En los terremotos, las casas y los departamentos quedan vueltos sándwiches de aire, y de nada sirve meterse uno debajo de los dinteles de las puertas, porque cuando a la tierra le da por bailar milonga no respeta puertas ni dinteles. En cuanto a nuestro departamento, el último del edificio, lo indicado era pues subir a la azotea para caer por lo menos sobre los restantes condóminos cobrándoles al aplastarlos cuantas bellaquerías nos habían hecho en décadas. Sin acercarme a los edificios caídos de la acera de Ripstein para no estorbar, y llorando por Bruja y por el que yo era mientras ella vivía, tomé con Brusca por la Calle de Laredo hacia el Parque México dejando atrás un clamor de gritos y órdenes angustiosas que subían en su confusión rumbo al cielo de Dios, que no oye.

De la noche solo recuerdo que David y Brusca habían quedado en el cuarto y que yo estaba en la sala tratando de poner orden en el caos de afuera y en el mío de adentro. Dos horas después de haber oscurecido, a las ocho de ese día desdichado que se obstinaba en no terminar, chorreando sobre el candelero la cera derretida de la vela que me alumbraba empecé a perder la memoria y la razón. No recordaba dónde había dejado la escoba, ni el recogedor de basura, ni las cajas de cartón para meter los vidrios caídos, ni el martillo para irlos partiendo en pedazos, ni el rollo de cuerdas para cerrar las cajas, ni el cúter para cortar las cuerdas. En la semioscuridad de la sala de ese departamento destruido, habiendo perdido la memoria inmediata empecé a perder la lejana y con ella la ilusión que me acompañaba desde niño de que yo era el que siempre había sido. Años han transcurrido desde esa noche y aún no recupero por completo ese espejismo, ni con los ojos abiertos ni con los ojos cerrados, pero tampoco me importa. Me siento un personaje de ficción, como un loco salido de una novela de Dostoyevski, y no como una persona real, que es lo que somos usted y yo. Estaba arrodillado en la alfombra con una toalla de baño extendida para ir partiendo sobre ella los vidrios en pedazos similares de suerte que los pudiera empacar en las cajas, y cuidando de que no me saltaran esquirlas a los ojos, pero no podía continuar porque se me había perdido el martillo. ¿Dónde lo habría puesto? Un bloque de cantera que sostenía una lámpara se había venido al suelo abriendo un boquete en el entablado del piso. El bloque era parte de una columna estriada, y la base de la lámpara la constituía un jarrón chino que David había mandado electrificar y al que le había adecuado una pantalla. Ocurrencias suyas, como cuanto había en ese departamento, incluyéndome a mí. El pesado bloque caído y la imposibilidad de que yo solo lo levantara, más el jarrón chino vuelto añicos y la tela rasgada de la pantalla, absorbían toda mi atención y por eso no podía retener en la memoria la ubicación del martillo. Me fui hacia adelante por la debilidad en que andaba y al tratar de sentarme para volver a mi posición anterior apareció el martillo: lo tenía detrás de mí. Viéndolo de nuevo con una alegría infantil me pregunté si en lo mucho que llevaba la humanidad haciendo estragos sobre la tierra se habría matado alguien dándose un martillazo en la sien, con la mano derecha en la sien derecha si era diestro, o con la mano izquierda en la sien izquierda si era zurdo. El hecho de que lo recuerde ahora me dice a las claras que no estoy tan mal de la memoria, pero tampoco me importaría si lo estuviera. Las cosas son como son y con la máxima sabiduría enfrento el máximo desastre.

Usualmente me movía por entre esos muebles e incontables objetos sin advertir siquiera su existencia. Algunos llevaban veinte, treinta, cuarenta años ahí sin que los hubiera visto: un ícono bizantino, un cenicero con la imagen del Hôtel de Ville de París, una máscara africana, una estola de sacerdote… Y ahora, despedazados en el suelo, los veía por primera vez. ¿De dónde, por ejemplo, habría sacado David este diablito haitiano pornográfico? Estuvimos en el aeropuerto de Puerto Príncipe, pero media hora a lo sumo y no recuerdo que lo hubiéramos comprado ahí. En La Habana fuimos a una misa clandestina de santería en la que le sacaban a uno, entre nubes de humo, los demonios de adentro, pero donde no vendían nada porque en Cuba, y desde hacía mucho, no quedaba nada que vender, salvo la gente a sí misma prostituyéndose, cosa muy sana, tampoco la estoy censurando. Ese diablillo travieso con su priapismo perenne ha sobrevivido, en fin, como yo, a dos terremotos. Medio siglo acompañado de tantos objetos que nunca vi, para terminar viéndolos ahora, cuando ya ninguno tenía remedio, todos quebrados, despedazados.

De abajo me llegaba el vocerío de los rescatistas y a través de las copas de los árboles el resplandor de la planta eléctrica con que se alumbraban. De súbito se hizo un abrupto, inexplicable silencio, cortado de la realidad como si el mundo entero hubiera desaparecido de golpe. Algo después un estallido de júbilo. No comprendía nada. Ni por qué se detuvo el bullicio ni el porqué de la repentina alegría. Pero como tampoco he comprendido nunca nada de nada en la vida, ni siquiera la miserable gravedad que me quiebra los vasos cuando se me caen, me importó un comino lo que estuviera pasando afuera y volví a hundirme en mi mar de caos, en un caos doble, interior y exterior, una especie de eco del caos eterno resonando en mí, en mi pobre alma caotizada, que Dios creó. «¿Dónde habré dejado el martillo para quebrar este vidrio en pedazos e irlos acomodando en esta caja de cartón a ver si no me la rompen sus puntas asesinas?» Por ningún lado aparecía. Ni atrás, ni a los lados, ni por delante. Se me había vuelto a perder. ¿Quién se me lo llevaba? ¿Mi ángel de la guarda? ¿O el ángel Luzbel que se rebeló contra Dios? A lo mejor un duendecillo hermoso…

Cuando salí con Brusca a la calle la mañana siguiente un vecino me explicó que no bien los perros rescatistas detectaban a un sobreviviente y empezaban a escarbar inquietos uno de sus cuidadores levantaba los brazos y se hacía el silencio. El júbilo significaba que habían logrado sacar a una víctima de entre los escombros. Nunca quise tanto a México como en esos terremotos, los momentos de su más grande infortunio, en que se comportaba distinto al que me tocó en suerte cuando nací, Colombia, mi hijueputa país: ni un solo robo, ni un solo saqueo, ni un solo asalto en la ciudad devastada. Y recordé, como lo recuerdo ahora que lo estoy escribiendo, cuando cayó un avión en los cerros de Bogotá y los habitantes del lugar se precipitaron sobre el aparato en rescoldos a saquear a los heridos y a los muertos. ¿Y por qué he vuelto entonces con Brusca a semejante infierno, me preguntarán mis obtusos paisanos? Respuesta: «El que tiene la cincuentamillonésima parte de algo no tiene nada. Si acaso madre porque hasta los zancudos la tienen: sus charcos de podredumbre». Así le respondí un día a Vicky Dávila, una entrevistadora a la que el arribismo propulsó de preguntona a la categoría de arpía, un ave fabulosa con rostro de mujer y cuerpo de ave de rapiña.

Durante días y noches viví para remediar el desastre en que nos había sumido el terremoto. Imposible. El departamento quedó más allá de toda posible salvación. De traspié en traspié, con riesgo de matarme, bajaba por la escalera fracturada cargando mi cruz como Cristo pero sin la ayuda de ningún cirineo: cajas y cajas, costales y costales con objetos y muebles despedazados que iba sacando del departamento para acomodarlos en la cochera sin coches convirtiéndola en mi escombrera. Fuera de David, Brusca y yo, y de los habitantes del piso 1, no quedó nadie más en el desmantelado edificio. Los restantes copropietarios o sus inquilinos habían huido en sus coches despavoridos.

Hipólito Mierda, su mujer y su hijo, los del 1, padecían de una insolvencia crónica. En los veinte años que llevaban entre nosotros no habían pagado una sola de las cuotas mensuales de administración y mantenimiento del edificio que les correspondían como propietarios de su séptima parte. ¿Doce multiplicado por 20 da cuánto? ¿Doscientos cuarenta? ¡Doscientas cuarenta cuotas impagas! Detesto la multiplicación, la suma, la resta, la división, la geometría, la trigonometría, el álgebra, la electrodinámica, la termodinámica, la mecánica cuántica, la supercuántica y la puticuántica. Por lo demás admiro a Einstein por su sorprendente talento de embaucador y extraordinaria capacidad de engaño. En el mundo no ha habido otro como él. Ni Cristo, porque Cristo no existió y el que no existe no engaña. Los que sí engañan con él son los curas, los pastores protestantes y los popes ortodoxos, que lo mantienen en la punta de la lengua hasta cuando se sientan en el inodoro. Einstein en cambio sí existió y la prueba es que con su primera mujer, una matemática serbia, tuvieron tres hijos. No más porque el sueldo de él no alcanzaba para más. Por la noche, cuando nadie los veía, tiraban los fetos no deseados a una alcantarilla que pasaba por enfrente de donde vivían, en un edificio cerca a la Stauffacherstrasse, la calle donde funcionaba la Oficina de Patentes donde él trabajaba. A las negras aguas de esa cloaca iban a parar los frutos de sus ayuntamientos bestiales y la corriente se los llevaba. Sin embargo, bien sea porque nadie pasó a esas horas por ahí, o bien sea porque el que pasó no los vio dada la oscuridad de la noche, ningún testimonio ha quedado de «Los crímenes de la alcantarilla», como se va a titular una novela policiaca a la que no dejo de darle vueltas en la cabeza y que le va a dar la vuelta al mundo. La serbia, que como dije era matemática, le garrapateaba las ecuaciones que le atribuyen a él. Fue a ella a la que se le ocurrió la Teoría de la Relatividad, la cual sostiene que no hay para qué correr detrás de la luz pues nadie la alcanza, y no a Einstein, como cree el vulgo. De la mente distorsionada y engañosa de esta mujer surgió el engendro. Ya bien apuntalada la teoría en las ecuaciones, y estas en el mentiroso signo igual, la serbia se la mandaba con su marido a Max Planck para que la publicara en sus *Annalen der Physik*. Y es que ella sabía que Einstein iba a la casa del otro a tocar música clásica en un cuarteto de aficionados. En cuanto a los *Annalen der Physik*, que Planck codirigía, era la revista de física más antigua del mundo, escrita en alemán, lengua oscura y abstrusa, perfecta para el engaño metafísico. Ahí salió publicada la cosa, pero no firmada por ella sino por él, con el nombre de Einstein. Y como los gringos no saben alemán y la revista tenía fama de ir más allá del non plus ultra, se tragaron el cuento, y así la Teoría de la Relatividad, impulsada por los conquistadores del mundo, rodó por todo el mundo con la suerte del bobo. Cartas de él a ella que ella conservó y que hoy se conocen nos ponen sobre la pista del doble engaño: el de él a ella y el de ella a la humanidad. Einstein le robó pues a su mujer una estafa. Si Mileva Maric, la serbia, fue la autora de la Teoría de la Relatividad en la que ni un arcángel volando a lo que le den sus alas alcanza la punta de un rayo de luz, pasa a ser el más grande genio de la impostura que haya parido en su milenaria Historia la humanidad, y no el payaso de su marido ni el rabioso Cristo. En cuanto al crimen de los fetos, ¡qué crimen va a ser tirar a un charco un feto! Fetos y ecuaciones es lo que sobra en este mundo. Compiten con el plástico.

Mucho antes de que se mudaran los Mierda a nuestro edificio este ya mostraba los primeros signos de la edad: un día se dañaba una cosa, otro otra. Y de daño en daño llegó el segundo terremoto y mandó al enfermito a la cama. Dios hizo muy mal esto, definitivamente. Por lo que se refiere a la edad, a David y a mí también nos empezaron a pesar los años y a aparecer los daños: un dolorcito aquí, otro allá; apagoncitos de la memoria o apagones del tamaño de un *black out* en Nueva York; hinchazón de una rodilla, dolor en un tobillo, confusión senil... Como se acaban los edificios se acaba la gente. ¡Vaya descubrimiento dirán ustedes! Es que el hombre tiene que descubrir por cuenta propia lo que antes de él ya había descubierto la humanidad. La vida no se enseña en libros, se aprende viviéndola. ¡Qué remedio! En todo caso Dios sí pudo haber hecho menos mal las cosas. ¿No quiso? Hágase entonces Su Voluntad, que en las profundidades de los designios del Altísimo no me meto. En fin, David, nuestro edificio y yo nos habíamos ido desajustando de a poquito y el terremoto nos acabó de desajustar. No han probado ustedes de lo bueno si no han probado terremoto. ¡Qué delicia! Sabe a néctar de los dioses.

Llegaron pues los Mierda a su nueva morada en dos flamantes coches, hinchados de altivez y orgullo, mirándonos desde muy alto de pies a cabeza. Y para empezar, como anticipo, la señora Mierda echó al conserje, un buen hombre que llevaba con nosotros años y años y con el que incluso, cuando llegó de jovencito, me acosté. Sí, me acosté con él y nos fue muy bien en la concelebración, rezamos mucho. ¡Ah, qué tiempos aquellos, señor don Simón, idos son! Pero si el conserje era trabajador y colaborador, papá Mierda era un estafador y su mujer una cizañera. No le tocó al Cid Campeador tanta cizaña en su vida como a nosotros con esta. Incluyo en «nosotros» al resto del edificio, los restantes condóminos, que tampoco es que fueran unas peritas en dulce. No. Unas reverendas mierdas. Años después de su llegada al edificio, y habiendo quebrado entre tanto la empresita estafadora de papá Mierda, la mujer y el hijo lo tiraron a la calle como una chancla cagada. Y del trío que eran antes, quedaron dos cantando a dos voces la canción del impago. Y la cultura del impago cundió por el edificio. No pagar, señores, no mata a nadie, pero nos envenena a los demás la vida. Después, si uno mata a uno de los remisos, el mundo pone el grito en el cielo y nos empieza a tratar de asesinos. «¡Ay, con lo bueno que era fulanito y matarlo con un cuchillo afilado y con tanta saña!» ¡A callar el pico, miserables, que la estafa, la desvergüenza y el cinismo son delitos! Acto seguido, los cinco copropietarios restantes se sumaron a los Mierda y no volvieron a pagar sus cuotas dejándonos a David y a mí, los paganinis del 7, con la carga entera de las toneladas de peso del edificio para que lo sostuviéramos los dos solos sobre nuestras debilitadas y cansadas espaldas y ancianos hombros. «Cuando la situación se normalice y vuelvan, vecinos, a las ruinas de su edificio, al abrir las llaves de agua de sus lavabos para beber de ella van a ver que les sabrá a delicioso jugo de manzana». El perspicaz lector que ha leído a Sherlock Holmes habrá entendido que les cianuré la cisterna y los tinacos para que se murieran las bacterias, hongos y protozoarios que allí pululaban, o sea con mis mejores intenciones. Remate: yo lo que pienso lo digo y lo que digo lo hago. El lector va a ver. Pero después. Ahora no. A su debido tiempo. Cuando mate al primero.

Quedamos pues el par de ancianos del 7 pagando nuestra cuota, la cual se embolsaba de inmediato, a cuenta de sus inexistentes servicios, la administradora, y se la gastaba en gastos menores, como por ejemplo en cosméticos, jabones y toallas íntimas para la higiene personal y la belleza de su adefésico cuerpo. ¡Qué espantajo de mujer! De padres españoles, solapada y melosa, surgida de la manolería del madrileño barrio bajo de Lavapiés, respondía al horrendo nombre de Reneda.

—¡Reneda! —le increpé la última vez que la vi mirándola a los ojos con ojos de cuchillo y odio—. ¿Qué pasa con los demás copropietarios que no pagan? ¿Por qué no les cobra?

—Sí les cobro pero se me esconden.

—Entonces tampoco vuelva por aquí a cobrarme, que tras mi última cuota, la que le pagué el mes pasado y que usted recibió religiosamente en sus avorazadas manos, me declaré en moratoria y bancarrota. No le pagaré ni una más. Despídase de mi plata. Y no me escondo. Aquí me tiene mirándola a los ojos.

Y viéndome en el fondo de los ojos el cuchillo afilado, salió despavorida escaleras abajo dando tropezones. Por el quinto piso un traspié la mandó contra un muro: le dejó al pobre muro una hendidura de puta madre con su cerril y española cabeza. Acabó de bajar la escalera chorreando sangre la maldita, y poco más le pasó. Dios, ocupado como anda en el espacio infinito tratando de contener a sus agujeros negros, que se le quieren tragar todo, no tiene tiempo para enredos de condóminos y administradoras. «Y los problemas míos, los de este pobre hijo de vecino que desde Medellín te habla, me los dejas a mí solo. ¿Qué te costaba hacer el mundo bien desde un principio? Te quedó muy mal hecho, Padre Eterno, con tu perdón. ¿Y para qué mandaste a tu Hijo Cristo, el único que tuviste, salido de tus entrañas, a que te lo colgaran de dos palos los circuncisos judíos para redimirnos del pecado original, el de la lujuria reproductora, si después de los dos mil años transcurridos desde la tan mentada crucifixión estamos peor que antes?»

Lista de los gastos incluidos en la Administración y Mantenimiento del edificio sito en Ámsterdam 122, colonia Hipódromo Condesa de la Ciudad de México, los cuales algún día se cubrieron pero que tras la epidemia del impago nunca más: lavado de cisterna y tinacos; reparación de elevador, interfón, bomba de agua y puerta corrediza de cochera; propina semanal a los del carro de la basura que vienen por la de los condóminos, que la van acumulando en la cochera; sueldos y prestaciones del conserje y del administrador; electricidad, iluminación y composturas de cochera, hall de entrada, escalera y azotea, o sea de las llamadas «áreas comunes»; recambio de los focos que se funden, remplazo de los utensilios de limpieza que se gastan, recubrimiento de la fachada que se descascara como nos vamos descascarando todos los humanos al ritmo de los inclementes años, etcétera. En el etcétera incluyo los imprevistos, como el remplazo del costoso vidrio esmerilado de la puerta de entrada que una noche un condómino borracho (sin que se hubiera podido establecer nunca cuál fue) rompió de un martillazo con un martillo que nadie sabe de dónde sacó. Desde el comienzo del universo, o sea desde el Big Bang en adelante, todo, pero cuando digo «todo» es todo, todo para mí es inexplicable. ¿Por qué se cae mi vaso de vodka si lo suelto? ¿Y por qué tendría que flotar como los astronautas? ¿Por la gravedad? No sé qué es la gravedad. Cien años llevo pensando en ella y esta es la hora en que no la puedo entender. Más fácil entiendo a Dios. ¡Claro, como Él me quiere! ¡Cómo no lo voy a entender! ¡Y a querer! Aceptándolo a Él, «le doy sopa y seco» como dicen en Colombia al que se me atraviese. Dios es una especie de inmensísimo agujero negro que se traga a las estrellas que se le acercan junto con sus luces, borrándolas, oscureciéndolas. ¡Qué beatitud la que me invadirá el alma cuando me trague Dios!

La dañina familia Mierda trajo pues a nuestro edificio la cultura del impago, la cizaña y la desgracia. Los Mierda valen por las siete plagas de Egipto y no se los deseo de vecinos ni a mi peor enemigo. Preferible que un terremoto les tumbe el edificio y así salen de una vez por todas de tres cosas: el edificio, los Mierda y la difícil vida de cuantos un día nacen. Por los días del terremoto andaba en el submundo del hampa mexicana un fusil de asalto capaz de barrer hasta con el nido de la perra. ¡Qué carnicería más sanguinaria no habría hecho yo con los Mierda y sus congéneres con una de esas armas prodigiosas en la mano! Por fin habría sido feliz en la vida. Un momento al menos.

Resultado de todo lo anterior: que el edificio estaba en ruinas. El terremoto no lo destruyó, lo acabó de destruir dándole un empujoncito. Empiezo por las lluvias, van a ver. En México nunca llovía. Si caía un aguacero de dos goteras, no caía uno de tres. Yendo un día para San Miguel Allende, Estado de Guanajuato, donde David tenía una casa de pobre que por la valorización de la propiedad en ese pueblo de borrachos y discotecas nos quedó de ricos, el campo que se extendía a lado y lado de la carretera era un yermo. Un cactus aquí, otro cactus allá y punto. Silencio absoluto de la vegetación verdeante. Digamos Marte. Y yo manejando a 190. Pues he aquí que un día yendo David y yo en nuestra camioneta Rambler con Kimcita, nuestra perra de entonces, que vamos viendo el campo florecido de humildes florecitas de los campos como para hacer con ellas unos humildes ramilletes de amor silvestre y llevárselos en ofrenda al altar mayor de la Santísima Virgen en la iglesia catedral de San Miguel Allende. «¡Mira qué hermosura!» le dije a David palpitándome de gozo el corazón. Y para apreciar mejor el prodigio desaceleré de los 190 kilómetros por hora a que venía hasta lo permitido, 90, límite que indefectiblemente yo violaba en el primer tramo del viaje, el de la autopista a Querétaro, así después tuviera que sobornar a las patrullas de la policía si me paraban y darles coima o mordida, ¿saben por qué? Porque soy un depravado sexual en términos de kilómetros, un violador de lo establecido. Le hundo el pie derecho al acelerador hasta el tope y ahí me instalo. Claro que el campo de lado y lado era una hermosura, ¿pero saben por qué? Porque a México, donde nunca llovía, le dio por llover. Pero no un año o dos: décadas. Y no por goteritas como en Lima donde llueven chispitas: a cántaros. Y los terregales del país de los mariachis se convirtieron en pantanos.

—¿Vio lo que nos pasó por culpa suya en el departamento 7, el nuestro, el que está encima de los demás y debajo de la azotea? —le increpé a la que riega desde arriba a las florecitas, la importuna lluvia—. Que cada vez que a usted le da por hacer sus necesidades urinarias, por el techo se nos van filtrando desde la azotea sus chorros por más que la impermeabilicemos con capa asfáltica y todos los impermeabilizantes que hay en el mundo, y con plata nuestra, de David y mía, porque los restantes condóminos no pagan. Como no están afectados, se hacen los bobos con la parte que les corresponde de la impermeabilización ya que la azotea es área común y no específicamente nuestra, y en ella están el tanque de gas para que cocinen los sinvergüenzas, los tinacos de agua para que se bañen los sinvergüenzas, y los lavaderos, donde puedan lavar los sinvergüenzas su ropa sucia, aunque dejaron de usarlos porque la lavan en las juntas de condóminos que logro reunir cada década a ver si pagan. Se odian. Yo no los odio, odio es poco, los quiero matar, a cuchillo o bala. Pero crímenes de intención no son crímenes, son *Gedankenexperiments*, experimentos pensados, marihuanadas a lo Einstein.

—Y yo poniéndole capas y capas de cemento a esta azotea, que cuestan plata y plata, y encima del cemento, pegada al vapor y repintada con pintura antilluvia, una manta asfáltica, que de todos modos no sirve. ¡Qué va a servir! Contra lluvia en techo plano nada sirve.

¿A quién le estaba hablando? A nadie. Cuando la lluvia no llueve se hace la sorda. Calladita la culpable, la regadora de flores. Como se siente tan alto, a la altura de Dios… A lo mejor le habla de tú a tú al Señor.

Amigos míos lectores: el que tenga apartamento en último piso véndalo que le va a llover hasta sobre la cama cuando duerma. El agua se filtra por donde sea. Como el aire, como el gas y como la deshonestidad y el miedo, esta peste que ha infectado al mundo, esta corrupta plaga que nos ensombrece el cielo de día y de noche. Porque como ustedes habrán podido notar, afuera en días cerrados no se ve y de noche menos. El sol se apagó, parece que para siempre. He salido a caminar con Brusca por Laureles, pero prefiero volver a casa. Los muertos vivos, los fantasmas, los desechables rondan por el barrio.

—Mejor nos regresamos, Brusquita, esto está muy inseguro, muy brumoso. Si mañana aclara un poco, salimos para que te desentumezcas.

No le hablo a mi niña del riesgo que corremos con los que no han comido en muchos días y que nos pueden confundir con alimento. Por mí no habría problema, a mí la Muerte me hace cosquillas. Pero no puedo dejar huérfana a mi niña, ¿pues cómo regresa sola a la casa? ¿Y cómo abre la reja? ¿Y quién le va a dar de comer?

—Brusquita mía, amorcito, jamás te abandonaré.

Van los fantasmas con tapabocas rompiendo con las narices que los preceden adonde vayan la oscuridad de la noche, en la que desemboca la turbiedad del día. Se nos oscureció el planeta. Yo les huyo. Si viene hacia mí uno por mi acera, me paso a la de enfrente. Y ya no piden, ahora exigen como si por mi culpa estuvieran en este mundo y muertos de hambre. Si uno les da, ya no dicen como antes «Que Dios se lo pague» o «Que Dios lo bendiga». Se les olvidó el significado de la palabra «limosna». Para ellos limosna significa obligación.

Y de repente me hablan de arriba:

—¿Por qué no hicieron de dos aguas la azotea de su edificio de Ámsterdam 122 como los hacen en su expaís Colombia? Jódase.

¡Por fin! ¡Por fin! Por fin se había dignado a contestarme doña Lluvia.

—Se equivoca, señora. En Colombia solo las casas son de dos aguas, los edificios no. Y casas ya no hay allá, las tumbaron para construir en sus terrenos edificios.

—Que les pongan entonces techos de dos aguas a los edificios en México.

—¿Y dónde instalan entonces los copropietarios los tanques de agua y de gas? Los edificios no pueden tener techo de dos aguas. Ni en México, ni en Colombia, ni en Nueva York.

—Aaaaaaah —dijo.

Respuesta que interpreto como una aceptación. Le gané por nocaut a la lluvia.

En cambio Casablanca, nuestra casa de Medellín en el barrio de Laureles, sí es de dos aguas. La compramos David y yo previendo que si él se moría antes que yo, yo tuviera donde volver pues para mí dejaba de tener sentido seguir en México. Medio siglo viví en México por no dejarlo a él, porque no concebía la vida sin él. No sé si él tampoco la concebía sin mí. Nunca se lo dije a él, ni él me lo dijo a mí, tal vez porque lo obvio sale sobrando. Día a día me ayudaba a vivir y mi más grande terror era perderlo. Pocos años antes de su final me encontré a Brusca extraviada en la calle y me la traje al departamento como un consuelo para los dos, para tratar de llenar el vacío que nos había dejado Quina, Quinita amada. Sus ojos se quedaron abiertos tras su muerte, no pude cerrárselos, y me seguirán persiguiendo abiertos, desde la nada eterna, hasta que entre yo en ella. A Brusca, en los pocos años que siguieron, los últimos de David, él la quiso tanto como yo. En las primeras horas de la nueva perra con nosotros él le puso el nombre perfecto: Brusca. Un bisílabo fácil de entender, que sirve para describirla por fuera, pues por dentro por supuesto que no. No hay palabras para abarcar un alma inconmensurable. Misiá Muerte decidió que David muriera antes que yo aduciendo que era mayor. Me disculpan si no armo una discusión con esta vieja porque ya saben que se la gano. Ni la Lluvia, ni la Muerte, ni el Tiempo pueden conmigo. Ni tampoco la Eternidad. La desafío a que acabe conmigo en lo que duremos. A lo mejor la entierro.

Muy humilde pero muy bella Casablanca, la casa vieja que David mandó restaurar. Debajo del entablado de la sala encontramos un lago. Las filtraciones de las cañerías que bajaban del segundo piso lo formaron. Hubo que apuntalar la fachada con pilotes de hierro, a un paso de que se viniera abajo arrastrándose la casa entera. ¡Qué riesgos tan terroríficos corremos las casas y los humanos! La existencia es difícil para todos, también para las cosas. ¡Pobres estrellas de neutrones, pobres quásares, cómo sufrirán! Siempre quise morirme antes que David por egoísmo, para que él cargara con mi recuerdo y no al revés. ¡Cómo pesan los recuerdos, me están derrumbando!

Volvamos a Ámsterdam 122 que es donde estoy. O donde estuve. O donde nunca más estaré. El pasado lo siento como arenas movedizas que van a tragarme. Ya borré a Dios de un plumazo. Estoy inventando ahora el borrador de recuerdos. Se va a vender como pan caliente. Pero volvamos a la lluvia y a los techos de los edificios. ¿Si el de Ámsterdam 122 fuera de dos aguas, a dónde podría ir entonces el muchacho del departamento 3 a hacer sus ejercicios amatorios con la novia? Un atardecer en que subí a la azotea no sé a qué con Kim, nuestra perra de entonces, ahí estaban los que dije en lo que dije, entregados a la lujuria de nuestros primeros padres, entrelazados como serpientes del paraíso sobre un duro suelo de papel de lija. Discretamente di marcha atrás con mi Kimcita, cerré suavemente la puerta de la azotea para no alarmarlos, y regresamos al departamento. ¿Se imaginan a una *concierge* de París viendo semejante escena? Habría llamado a la policía. ¡Ay, ya no quedan ni las *concierges* de París, se extinguieron! El Tiempo no perdona, Cronos es Lucifer, el ángel rebelde. No sé para qué hizo Dios al Tiempo. Para llovérnoslo a todos los mortales y a los cuerpos fijos inmortales desde Sus Alturas.

El agua de la lluvia se estanca en la azotea de Ámsterdam 122 formando charcos, que van drenando sobre nosotros, sobre el pobre David, la pobre Brusca y yo. Brusca, que está dormida en la cama de David, se despierta cuando siente que unas cosas raras le caen encima, las goteras, y se pasa a la mía. O al revés. Si está en mi cama se pasa a la de David. Nunca, sin embargo, llovió simultáneamente sobre las dos camas, la verdad sea dicha: una noche tamborileaba la lluvia sobre la una, otra sobre la otra. Y de cama en cama iba pasando sus noches la pobre Brusca. Sin entrar en discusiones con Misiá Llovienda, la Intratable de arriba, me dedicaba a poner baldes y ollas debajo de las goteras por todo el departamento. Después, viendo que lo pasajero se había vuelto permanente, en los baldes y en las ollas sembré geranios, bifloras, azáleas, que iban floreciendo y convirtiendo nuestro acuoso departamento 7 en un glorioso jardín. Llamábamos a Tufic, Enrique, Nedda, Urbini, Raúl y Daniela, nuestros más cercanos amigos, a que lo conocieran. O mejor dicho «llamábamos» no, porque los llamaba yo solo ya que a David no le gustaba mi idea. Ni de las macetas, ni de congregar multitudes a verlas. Rechazaba la exhibición de riquezas.

—David, ponte a pensar —le decía yo con el mayor cariño—. Por los tiempos que corren no hay en México quién arregle una azotea. Los pocos albañiles que quedaban se extinguieron como el cóndor de los Andes y las *concierges* de París. O bien entraron al PRI o al PAN a robar y a saquear.

¡Qué afortunado, David, que te moriste! No te tocó la peste de la Deshonestidad y el Miedo, remate de la Era de la Corrupción en que me tocará acabar la vida. El mundo no era tan corrupto y estúpido cuando yo nací. Muy asesino sí, pero no se asustaba por una gripa.

—Nada de jardines interiores, hay que arreglar la azotea —argüía David, el escenógrafo.

—En tu «hay», David, se encierra una profunda imposibilidad ontológica. No «hay» con quién. Yo estoy viejo y tú más. Entre los dos no levantamos una pala.

Éramos un par de ancianos valetudinarios, una dupla lastimera de decrépitos decanos, un desafinado dueto de achacosos. ¿Por qué no nos moríamos de una vez en vez de seguir insistiendo en esto? Ah, es que del dicho al hecho hay mucho trecho. La vida es dura y la muerte más. No se la recomiendo a nadie. En todo caso no se reproduzcan, lectores, que somos muchos y ya no cabemos y el que nace sufre y muere. Guarden en sus vainas la herramienta fatal y sáquenla tan solo para orinar y el placer, no para la propagación de la desgracia y de la especie. Y al grano. Vuelvo a los condóminos de Ámsterdam 122, a los que algún día les llegará su hora. ¿Por qué, me preguntaba hasta en sueños, teníamos que cargar nosotros dos con la carga de todos? La azotea era área común, expresión inequívoca. Área común significa que pertenece a varios, tanto en el disfrute como en los gastos. Pero claro, como en México el Estado desapareció y no controla a nadie y solo existe para obstaculizar y saquear y mentir y atracar... Hagan de cuenta Colombia. O el mundo. Se precisa una masacre de bandidos públicos, aquí y allá y más allá.

—No nos amarguemos la vida por dinero, Fer —me decía David.

—No es cuestión de dinero—argüía yo—. Son principios. Cuestión de justicia. Voy a afilar el cuchillo de la cocina para hacérmela por mano propia.

Habida cuenta de que en México, país tercermundista, no se consiguen armas de fuego ni de destrucción masiva como en los Estados Unidos que es del primero, al ciudadano de bien aquí no le queda sino el cuchillo de la cocina para defenderse del prójimo y sus atropellos. ¡Claro que le voy a sacar filo! Con mucho amor y cariño.

¡Cuánto no habría dado yo tras los obstinados aguaceros por que México volviera a ser el de antes, un terregal sin florecitas! Pero el hombre propone y Dios dispone. Para resumir antes de seguir con el tema: Dios nos mandó primero un terremoto, luego tres décadas de lluvia, luego otro terremoto, luego me mató a David y finalmente, para rematar a esta acuchillada res que sufre y pena, me mandó de vuelta a Colombia con Brusquita. Donde David y yo hubiéramos vivido en Acapulco y no en la Ciudad de México, nos habría barrido con un tsunami. Hágase Su Voluntad ya que no nos queda más remedio. Me persiguen tres enamorados de mí que me mantienen en la mira: Dios, mi sombra y mi mala suerte.

De nuestra colección de candelabros de mesa y luminarias de techo tan solo quedaron pues añicos, vidrio molido como para hacer papel de lija para impermeabilizar azoteas.

—No te angusties, David, por los candiles despedazados —le decía—, que en última instancia solo son cosas.

Que nos alegráramos ambos de estar bien del cuerpo y del alma hasta donde cabía, y Brusquita siempre alegre, sin preocupaciones ni haber conocido jamás el dolor ni la desdicha.

—¿O se te hace que sí, David, en las pocas horas que estuvo perdida? Yo digo que se le zafó de la cadena al dueño.

—Cadena no tenía porque no traía en el cuello correa de dónde sujetarla. Salió de su casa, se perdió y no pudo volver.

—Tienes razón, David, eres otro Sherlock Holmes.

Tales los diálogos entre David y yo a propósito de Brusquita, lo que más queríamos. Brusca no debió de haber estado perdida más de unas horas. No era una perra callejera de las que escarban en los botes de basura para buscar comida y saben cruzar las calles. Esta se pierde a quince metros de su casa. El día que la encontré había salido yo a poner un fax, y al cruzar el Parque México camino a la Avenida Insurgentes la vi echada al lado de un árbol, muy triste, con un abriguito. Vi a un señor de edad a su lado y supuse que era su dueño y continué mi camino. Los sitios para poner el fax estaban cerrados por la celebración de la fiesta patria ese día. Regresé al departamento pero horas después resolví salir de nuevo a tratar de mandar el fax desde la casa de un amigo. En el cruce de la calle Michoacán con la Avenida Nuevo León volví a verla, vagando, perdida, con su abriguito. Se le acercaba a la gente como buscando a su dueño y luego continuaba sin rumbo. Me di a seguirla y a llamarla: «Ven, niña, ven». No se detenía. Me puse entonces a gritarles a los que se les acercaba: «Deténganmela, que es mansita». Cruzó Nuevo León con riesgo de que la atropellaran los coches y así llegamos al cruce de Michoacán con la Avenida Tamaulipas. No sé cómo no la atropellaron. Se acercaba a la gente y luego se alejaba. Llegando a la calle de Amatlán se acercó a una pareja, un joven y su novia o esposa. «Agárrenmela, que se me escapó». El joven la agarró abrazándola pues como dijimos la perra no traía correa en el cuello, y la sostuvo hasta que llegué a él. Me quité el cinturón, se lo puse en torno al cuello y así la tuve asegurada. Su novia entró a su edificio y volvió poco después con una rebanada de jamón, pero la perra no quiso comer. El joven la tomó en los brazos y me acompañó hasta Ámsterdam 122, a unas cuadras de ahí, cargándola. Abrí la puerta de entrada, me despedí de él y ya estuve seguro de que no se me iba a escapar. Para variar, el elevador estaba descompuesto, de modo que subí con ella por la escalera llevándola amarrada con mi cinturón. Después de las muertes de Argia, Bruja, Kim y Quina me hice el propósito de no tener más perros por el dolor que me produjeron sus muertes, intolerable. Pero mientras subía supe que el nuevo encuentro había decidido por mí el resto de mi vida. Mi adopción de la nueva perra me quitaba la última libertad que me quedaba: la de matarme. Ya no podía morirme dejándola huérfana, tenía que seguir viviendo para evitarle toda angustia y todo dolor, tenía que vivir mientras viviera ella. Entré al departamento anunciando jubiloso: «¡David, David, mira la hermosura que te traje! ¡Qué felicidad!» Nos miró con resignación, a ella primero, después a mí. La perra se echó al lado del aparador de loza que teníamos a la entrada de la cocina.

Fui por queso al refrigerador, se lo puse en un platón a su lado y no quiso comer. Le traje agua y tampoco quiso. Estaba traumatizada. Luego se me ocurrió darle el agua en la cuenca de la mano y entonces empezó a tomar de ella y a lamérmela con cariño. Estuvo unas horas tirada en el mismo sitio. Por fin decidió levantarse y dar unos pasos. «Ven, ven», le decía llevándola a la cocina, a un platón con comida. Comió, bebió y volvió a la sala. «Ven, ven», la llamó David, y ella fue hasta su sillón a saludarlo. Luego le hice un tour por el departamento, su nueva casa, y le iba explicando:

—Por este pasillo, niña, llegamos a las tres recámaras. La de la izquierda es la de David y mía, y ahora también tuya: puedes dormir en cualquiera de las dos camas. Estos que están colgados en las paredes son santos.

Esta recámara de en medio es mi estudio y cuarto del televisor, que mantenemos encerrado en este clóset para que los visitantes no lo vean porque los televisores, las computadoras, los radios y las radiolas son feos y hay que esconderlos o no tenerlos. Ideas de David que he hecho mías. Yo he aprendido de David muchas cosas. En esta hermosa estantería de nogal estilo Louis Philippe que él me consiguió en el mercado de antigüedades La Lagunilla, tengo mis libros de religión, los únicos que he conservado. Este que ves aquí lo escribí para refutar la más grande mentira de la humanidad, la de la existencia y la bondad de Cristo, y para «cantarle la tabla», como habría dicho mi abuelo, a la Iglesia. Le levanto en él a ella el abultado sumario de sus crímenes e infamias, la de los potros de tortura y las hogueras de su Santa Inquisición. Aquí, en la contraportada, estoy retratado. Mira. Riéndome. ¿Qué te parece? Estaba contento cuando me tomaron la foto.

Y en esta tercera y última recámara, que como ves también da como las anteriores al Parque México y a los volcanes, tiene su estudio David. ¿Te das cuenta de lo que tiene? De todo. Cuadros, planos, libros, maquetas, caballetes, lápices, óleos, pinceles… En esta mesa extensible él dibuja. Es el escenógrafo más productivo que haya habido. Ha hecho más escenografías que nadie en el mundo, unas setecientas, y junto con algunas de ellas el vestuario. Para teatro, cine, televisión, ópera, carpa, giras, lo que se presente.

David es humilde. Yo trato de aprender de él y ahí voy, poco a poco, rumbo a la mansedumbre del santo Job. David conmigo (y con todos) fue un verdadero santo. Nunca, sin embargo, le oí mencionar a Dios. ¿Cómo puede un santo vivir sin tenerlo en la punta de la lengua? No me cabía en la cabeza. En la primera obra de teatro que vi en México, con escenografía y vestuario suyos y a la que me llevó a verla acabando de llegar yo de Nueva York, actuaba su amiga Dolores del Río, famosa actriz de Hollywood que el Tiempo ya borró. ¡A quién no se ha llevado en su polvaderón de olvido este monstruo! ¿A Napoleón, a Bolívar, a Churchill? Los dejó en estatuas, ecuestres o parados en sus dos pies de bípedos sabios. Se me hace odioso que un carnívoro puerco como el ser humano se monte en un herbívoro y hermoso caballo. ¡Con qué derecho! Y los bustos, Brusca, ¡qué cosa más fea que un hombre con medio tronco cortado por encima de la barriga como con motosierra! Ni de pie, ni a caballo, ni sentado, ni acostado, ni rezando me gustan las estatuas. Y que no me recoja en sus masturbadoras páginas la alcahueta Historia que es una degenerada, y los viejos estamos más allá de toda imaginación sexual. El que tenga un pie en la tumba que no rumie bestialidades.

En tanto yo pensaba en voz alta, la futura Brusca (pues todavía no la habíamos bautizado) olía, veía y oía, muy atenta a mis palabras y curioseando los objetos. Le enseñé los dos baños principales, el pasillo, la cocina, el cuartito de la lavadora también con su baño, etcétera, lo que ustedes ya conocieron en el recorrido que les hice por la casa, si no estoy mal de la memoria, y le serví más comida en el platón de las perritas que la precedieron en nuestras vidas y nuestro amor: Argia, Bruja, Kim y Quina. No quiso un bocado más. Saciada de comida no podía con la excitación de tantos sucesos vertiginosos. Traía puesto cuando la encontré, como creo que les conté, un abriguito de lana, algo polvoso pero limpio, clara señal de que no era una perra callejera. Pero no traía collar, que es de donde van colgadas las placas de identificación.

—¿No sería que su dueño la trajo a la Colonia Hipódromo Condesa para abandonarla aquí sabiendo que en este barrio casi todo el mundo quiere a los perros? ¿Qué crees tú, David?

—Nunca lo sabremos, Fer.

Hice cuanto pude por encontrar a su dueño, poniendo por ejemplo anuncios con mi dirección y teléfono en los postes de la luz y en los árboles de los parques, las calles y las avenidas. Nadie respondió. Así que Brusca fue mía para lo que restara de este desastre, hasta que ella y yo cruzáramos de vuelta el umbral de la eternidad.

No lograba hacerle entender a David que lo importante en la vida no es lo material, los objetos que destruyen los terremotos, sino lo espiritual, los irresolubles misterios de nuestro mundo interior y los de la monstruosa realidad externa, si es que existe. Digamos la gravedad, por la cual se desprenden de sus soportes y caen despedazándose contra el piso las lámparas del techo cuando tiembla. O los engaños de las ciencias físicas en las que desde hace un siglo largo pontifica y reina el embaucador más grande que haya parido la Tierra, Einstein. O la burda estafa del cristianismo con su veintena de inexistentes Cristos. David no entendía ni le importaba lo que le decía. No había nacido para resolver enigmas y desenmascarar impostores. Vivía en el aquí y ahora dejándose llevar por la corriente de las cosas.

¿Y qué me decía de la luz? ¿Viajaba o no viajaba? ¿Se movía o estaba quieta? ¿Le podíamos creer al astrónomo danés Ole Rømer, que comparando la duración de los eclipses de Io, una de las lunas de Júpiter, cuando la Tierra estaba en puntos opuestos de la eclíptica, probó más allá de toda duda que la luz se movía a la velocidad de un rayo? Más allá de toda duda, nada, y menos que nada Dios. Dios es lo más dudoso que hay. No meto por Él la mano en el fuego. ¿Y cómo le voy creer a un matemático y calculista como el pobre Rømer, que murió de un cálculo renal? ¿Y si la luz se mueve, en qué se mueve? ¿A través de qué y montada en qué? ¿En qué viaja? ¿Montada en sí misma, a caballo de su propio ser avanzando a través del éter? Un siglo largo lleva enterrada esta entelequia que los estafadores de la física inventaron a fines del siglo xix, cuando yo nací, para darle un medio de soporte similar a los del sonido, del que sabían que no avanza en el vacío sino a través del aire o del agua. O de los rieles del Ferrocarril de Antioquia. De mi amado Ferrocarril de Antioquia en cuya construcción trabajó mi bisabuelo, una eminencia en el tirado de rieles. La luz ni se mueve ni está quieta, sino todo lo contrario, como habría dicho el presidente de México Luis Echeverría, que no sé cuánto habrá robado. Parece que poco al lado de los otros. Era el presidente de ese gran país cuando yo aterricé en el aeropuerto Benito Juárez de su capital viniendo de Nueva York donde lavaba inodoros, de blancos y negros, sin racismos. Nunca he sido racista. Mi biógrafo, un cazador de tempestades, les podrá aclarar más adelante cualquier inquietud que tengan. Su dirección y teléfono los doy después: cuando los saque de mi libreta porque ahora estoy hablando de la luz. La luz es una burda burla de la oscuridad. Abran los ojos del cerebro, creyentes, porque el que dijo «Fiat lux» miente. Dios miente. Él no pudo hacer la luz porque de su oscuridad no puede salir esa hermosura. Nadie da lo que no tiene.

Yo en cambio sí viajo. Nacido en una región de Colombia aislada del mundo, Antioquia, tierra levantisca y cerril, viajo en tranvía de mulas entre dos nadas: la inconmensurable nada que me precede y se termina con mi nacimiento, y la inconmensurable nada que seguirá a mi muerte y que no se terminará en nada. Entonces seré la nada eterna de mí mismo. Entre tanto aquí me tienen en la antesala de la doctora Muerte, Misiá Verraca, en espera de que me haga pasar a su consultorio a ver qué me dice de lo desmemoriado que ando, sin saber dónde puse el martillo y los alicates. Humanos, aprendan a decir «No entiendo». Siempre con la explicación en la boca para lo que no la puede tener porque su sola existencia no la admite. Progenie pululante de bípedos alzados, máquinas engendradoras y paridoras, devoradores de animales y vegetales, excretores de uno y otro sexo, de lo uno y de lo otro, arrodíllense y agachen la cabeza.

Cuando por fin pasé a consulta después de larga cola:

—¡Joven! —me dijo Misiá Verraca con ese vocativo de «joven» tan delicado que usan en México para los viejos, después de haberme hecho una concienzuda evaluación físiconerviosa—. ¡Qué va a tener usted el mal de Alzheimer! Usted lo que tiene es una lucidez extrema. Opáquese.

—¡Gracias a Dios! Me quita un peso de encima, doctora, no sabe lo preocupado que estaba. Tengo una hijita de seis años que no puedo dejar huérfana desconectándome del mundo y sus quehaceres. Muchas gracias, muy querida, me tranquiliza. ¿Cuánto le debo, doctora?

—A la salida le cobra mi secretaria.

—Ya la conozco. Me hice amigo de ella en la antesala mientras esperaba. A ver si me quita el IVA y me hace una rebajita.

Después de entender la gravedad y la quietud de la luz, de desenmascarar las mentiras de Einstein y su pandilla relativista, y de acabar con el judaísmo, el cristianismo y el Islam, las máximas plagas que parió la humanidad desde que bajó del árbol, ¿qué me quedaba entonces por hacer? Limpiar de escombros esta escombrera en que nos dejó el departamento el terremoto. Y sacar a David del abatimiento y la depresión en que lo veía caer por la pérdida de sus amadas cosas. Suyas y mías puesto que durante medio siglo también a mí me acompañaron, desde el día en que por tan distintos caminos se cruzaron nuestras vidas, así a muchos de esos objetos los estuviera viendo por primera vez en estas circunstancias tan dolorosas, como por ejemplo esta santa Prisca descabezada que al levantarla del piso para echarla al costal de los escombros acabo de conocer. «¿Dónde estabas, santa Prisca, cuando tenías la cabeza puesta? ¿Entre los zombis y los diablitos, entronizada en el altarcito de vudú haitiano? Nunca te vi. ¡Qué hermosa fuiste en vida, cómo no te detecté! Voy a guardar tu cabecita y cuerpecito para que David los pegue cuando pueda con colaloca y bicarbonato de sodio, mezcla bendita para unir átomos y moléculas en una bomba atómica con la que destruya yo el Vaticano, La Meca y Jerusalén, así me lleve entre las patas a todo el Medio Oriente. Vas a ver, santa Prisca bendita».

Medio siglo viviendo entre presencias silenciosas, sin verlas, por andar sumido en honduras ontológicas, buscándole explicación a lo que no la puede tener pues lo que es es como es y no se diga más. ¿Para qué querer razones en la sinrazón del mundo? Detesto la gravedad, que se traga a sí misma en sus agujeros negros y que no respeta ni su propio

51

ser. Buena parte de la vida me la he pasado dándole las vueltas del bobo al óvalo de la Avenida Ámsterdam, que en su redondez no tiene ni principio ni final. Empantanado en mis reflexiones circulares maldigo el día en que nací, y de paso a los metafísicos que se las dan de físicos, como el rufián de Alberto Einstein, el estafador más redomado que conozco. ¿Físicos ellos? Fuleros, patrañeros, ontólogos, teólogos sin Dios. Y no le contrapongo a esta Entelequia la Razón. A ambos les contrapongo el Absurdo. «¿Sí me estás oyendo, Einstein, gran bellaco del signo igual, ladrón de las ecuaciones que garrapateaba tu mujer? ¿O te estoy calumniando *post mortem*?» El hombre no es el animal racional que se cree: es un bípedo alzado y puerco.

Y envuelto en el caos sísmico y mental en que me había sumido el terremoto me tropezaba en la oscuridad de la noche con una mesa patasarribeada, con sus cuatro patas mirando al techo sin lámparas. Me retrotraía esa mesa a nuestros antepasados piscícolas que salieron del mar a conquistar la tierra y que con el lento andar del tiempo se convirtieron en tetrápodos y de tetrápodos en culebras sin patas o en humanos con dos. Y al buscar el martillo aparecía el destornillador, que también se me había perdido y que ahora que lo encontraba me pedía a gritos que lo tomara en mis manos para no volvérseme a perder. Que soltara el martillo. Los objetos se obstaculizan unos a otros y compiten como los humanos, que se detestan. Por excepción la humanidad produce un santo, uno de verdad (no de los del santoral), pero un santo verdadero no deja huella. ¿O acaso va a quedar alguna mía?

Imposible dar cuenta pormenorizada de lo que siguió día por día, paso por paso tras el terremoto. Lo resumo en un incesante ir y venir del que narra por un departamento caótico, en ruinas, llenando cajas y cajas, costales y costales, con bloques de cemento, vidrios en añicos, marcos en astillas, trozos de yeso, y un bajar con esas cajas y esos costales repletos por una escalera destrozada para subir después jadeando sus centenares de escalones. ¡Cuál camino de Cristo al calvario cargando una cruz! Además Cristo tuvo un ayudante cargacruz, el Cirineo, yo ninguno. Diariamente bajaba y subía el equivalente a un edificio de 70 pisos. En el garaje iba acumulando los escombros míos, que se le sumaban a los del departamento 1, el único además del nuestro que seguía ocupado como ya dije, si no me falla la memoria, que por supuesto qué me va a fallar, si soy Funes el memorioso, según pudo constatar Misiá Verraca cuando me examinó en su consultorio. ¿Cuánto me tomaría reconstruir el departamento despedazado para salvarle la vida a David? ¿Cincuenta años? Si me quedaba uno no me quedaban dos, ya le arranqué todas las hojas al calendario.

—Así es —me dice la contadora de minutos—. Se acabó. Vete ya. Ponle punto final a tu historia que has vivido, pichado y comido mucho. El triple de un mortal, del trópico o de los polos.

—No puedo dejar huérfana a mi niña porque la quiero mucho y la tengo que cuidar. Cuando la recogí en la calle me comprometí a no abandonarla nunca. Mientras ella viva tengo que vivir yo.

—Entonces la voy a matar junto contigo para que quedes libre de compromisos pendejos.

—Permítame que me ría, doña enlutada señora. Fíjese en qué país anda. Está usted en la mismísima República de Colombia, tierra hambreada, miserable y ladrona, capital de la cacorrería del mundo donde a la Muerte le roban la guadaña. ¿Sí ve? Mire a ver dónde la puso. Ya no está. Se descuidó y se la esfumaron. Les dio papaya a los cacos.

Así que acomodémonos lo mejor que podamos a la pérdida del sueño y de las cosas. Pero como no hay mal que por bien no venga, el que no duerme no tiene pesadillas y el que nada tiene puede viajar tranquilo, sin temor a encontrarse al volver a casa con la casa desocupada, o lo que es peor, ocupada por los okupas que se apoderaron de ella y están usando en estos instantes mismos su inodoro.

Se cansan los condóminos de pagar, se cansa el administrador de cobrar, la vida se repite obstinadamente y hierbitas tiernas crecen en las grietas de las rocas. Y vuelta a lo mío, a colgar los cuadros que el terremoto no despedazó y a poner orden en la infinidad de objetos sobrevivientes que David acumuló durante sesenta años, cuarenta y siete de los cuales habíamos vivido juntos ayudándonos a sobrellevar esta pesada carga que nos puso Dios. Lo conocí instalado entre objetos relucientes y murió en un despedazadero de vejeces. Y yo de paso me morí con él, lo cual es precisamente lo que estoy tratando de contar.

Colgué algunos cuadros, guardé algunas fotos, acomodé algunos libros, enderecé algunos muebles, separé un par de vasos, otro de copas, otro de platos, otro de tazas, otro de cucharas, otro de tenedores, otro de cuchillos, y el resto de las tres vajillas que nos estorbaron durante una vida lo despedacé con el martillo para que no le sirviera a nadie, y ya bien empacados los pedazos en cajas y cajas y cajas los fui bajando a su destino final, la porqueriza, la cochera, el reino de mis hermanas las ratas. Barrí cuidadosamente la cocina y las alfombras limpiándolas de añicos, no se me fueran a cortar las patas las ratas o Brusca. Conservé también los dos platones de Brusca, que habían sido de nuestras otras perras: uno para la comida, el otro para el agua. Nuestras perras no bebieron nunca nada distinto al agua y murieron sin conocer la Coca-Cola. Tampoco le doy nada dulce a Brusca porque no se deja lavar los dientes como se dejaban las otras. Me resultó muy rebelde y caprichosa esta niña, y muy brusca, como su nombre lo indica. Varias veces ha estado a punto de tirarme al suelo, de arrancarme un brazo, de romperme una mano. Si me rompe una, que sea la derecha para poder seguir tocando el *Concierto para la mano izquierda* de Ravel que harto trabajo me costó memorizar, y que de vez en cuando toco con la Orquesta Sinfónica de Viena en karaoke. ¡Eh ave María, cómo se ha portado Dios de bien conmigo mandándome a Brusquita!

De los muchos trajes de David y de su infinidad de bufandas, suéteres, cinturones y corbatas, por mi rechazo a la redundancia y mi espíritu austero solo dejé uno de cada especie. Entre los trajes desechados se fueron un esmoquin y un frac. ¡Para qué quería David esa ropa de mesero si no le iban a dar el Oscar! Su compañero de una vida y que tanto lo quería, yo, por hacerle el bien resultó peor que los dos terremotos juntos. Porque hubo otro terremoto, décadas atrás, que también nos tocó y que mató a veinticinco mil pero dejándonos indemnes. Ahora bien, me pregunto yo, ¿qué son veinticinco mil en veinticinco millones que tiene la Ciudad de México? El uno por mil no le quita un pelo a la cabellera de Sansón. ¡Que vengan muchos terremotos a deshacer la obra perniciosa de la mundial paridera!

¿Y el sofá Chesterfield vino tinto? ¿Y los sillones de cuero negro capitonados que mandamos a hacer en Argentina y que desde allá nos llegaron por milagro? ¿En qué quedaron? «¿Qué se fizo el rey don Juan, los infantes de Aragón qué se fizieron?» Se fizieron como la mucha invención que trujeron.

Ni por su sensibilidad ni por su educación en la escuela de arte de La Esmeralda donde conoció al gran pintor Diego Rivera con el que hizo de joven un viaje a Guanajuato, David no podía vivir sin el refinamiento. Yo sí. Como nací de familia honrada y austera… La austeridad nos venía de la pobreza, y la pobreza de la honradez. Maldita seas, honradez, ¿quién te pidió venir a mi casa? ¡Cuánto no habría preferido yo haber nacido pegado de una teta bien corrupta, mamando de la abundancia y la riqueza! El hombre solo tiene una vida y no hay por qué despilfarrarla en honradeces. Maldigo de mi honorabilidad, renuncio a ella. No quiero morirme como nací. Estoy en venta.

Nací en país montaraz, prácticamente en medio de un terregal con caños de alcantarilla a los lados de las aceras, en un poblacho que llamaban pretenciosamente ciudad: la ciudad de Medellín, que por obra de la paridera hoy es una urbe, una metrópoli, una megápolis, la capital mundial de la reproducción y el hambre. Una megarreproductora, para decirlo en términos concisos. Cuando me fui a estudiar cine a Roma (antes de mis estadías en Nueva York donde lavaba inodoros y de México donde filmaba churros), vivía con el temor de que si salía a la calle me enlazaran como a un salvaje. ¡Ay Roma mía, Ciudad Eterna donde crucificaron patas arriba, con las extremidades inferiores mirando al cielo, al que le cantó el gallo tres veces cuando traicionó a Cristoloco, el traidor Simón Pedro! Varios años seguí soñando con ella y una noche cualquiera desapareció de mis sueños. También soy un traidor pero no por mi culpa: mi subconsciente me traiciona.

—A propósito, David, de este sofá Chesterfield en que estamos sentados, ¿cuándo fue que murió Morley Webb? Anoche me acordé de él y revisé mi *Libreta de los muertos* a ver si lo tenía y me faltaba. Se me está subiendo increíblemente el nivel de muertos, estoy rebasado, ¡qué horror!

—Deja ya, Fer, esa ociosidad —me dijo.

—¡Qué más quisiera el ciego que ver, pero no puede! —le contesté.

Y pensé: «¿Con quién habré de terminar mi libreta? ¿Con el autor un poco antes de que se pegue el tiro en el corazón? En este caso segundos antes me escribo después de los de la zeta, pero con tinta roja para distinguirme del resto, que va en negro, cerrando con broche de oro mi obra magna. Y ya verá mi heredero universal, la Rosa de los Vientos, si la vende en Christie's o en Sotheby's o la quema».

El común de los mortales piensa con jirones de niebla, yo no. Soy muy preciso. Mis palabras mentales son tan claras como las pronunciadas y puedo reproducir diálogos textuales como si los hubiera grabado con grabadora. Por ejemplo uno que tuve con David hace veinte años a las diez de la mañana sentados en el sofá Chesterfield mientras revoloteaban unas palomas en el balcón del departamento, y que estoy reviviendo ahora. ¡Cómo voy a estar mal de la memoria! Lo que pasa es que al concentrarme en lo esencial me desentiendo de lo insubstancial. ¿O por qué creen que pude resolver los misterios de la luz y la gravedad?

—Te repito mi pregunta, David: ¿Cuándo fue que murió Morley Webb? Haz memoria a ver. Esfuérzate.

—Debió de ser por los días de la fiesta de disfraces de Chuchín Ortiz.

—Te equivocas. El de la fiesta de disfraces fue Morley Webb, y Chuchín Ortiz murió mucho antes, cuando todavía vivía en su mismo edificio Octavio Paz, a unos pasos del Sanborns de la Glorieta del Ángel, ¿sí te acuerdas?

Si logro poner orden mental, entonces podré poner orden material en esta catástrofe de departamento destruido por la sevicia de un terremoto. Así pues, primero murió Chuchín de muerte violenta por sus gustos contranatura; luego murió Morley de enfisema por fumar; y finalmente murió Paz corroído por el rencor y la envidia, que acabaron por reventarle las tripas. Un doble legado le dejó a la posteridad este poetiso prosaico: en prosa, un ladrillo de setecientas páginas sobre sor Juana Inés de la Cruz, que era otro; y en verso, una pedorrera de pólvora negra.

—¿O no estás de acuerdo, David?

Silencio absoluto.

A Chuchín lo mató un chichifo que se levantó en el Sanborns que dije. Subieron juntos por el ascensor y el chichifo bajó solo. Arriba dejó el cadáver de nuestro temerario amigo entregado al descanso eterno. Los chichifos cuidan mucho su culo, lo resguardan como si fuera de oro. ¡Quién sabe exactamente qué pasó!

Morley era de Chicago pero se vino de joven a México donde se hizo millonario fabricando muebles. Por eso me acordé de él, por el sofá Chesterfield en que estábamos sentados, aunque él no lo hizo. Las que sí hacía eran las *chaises longues* Alacrán, invento suyo, de madera y palma, hermosas. En el Museo de Arte Moderno de Nueva York le exhibieron una en plena guerra mundial, poco antes de que yo naciera. Hablo de la segunda, no de la primera porque tampoco soy tan remoto. En esas *chaises longues* Alacrán los turistas de mi condición y la de Chuchín nos instalábamos en la playa Condesa de Acapulco, la más chic de entonces, con un Coco Loco en la mano y un chichifo al lado, ambos en traje de baño. El Coco Loco es un coctel de agua de coco con ron y se bebe por un agujero horadado en la dura cáscara de la fruta con un popote. Sorbía uno un traguito y le pasaba el Coco Loco al chichifo para que sorbiera él también, por el mismo agujero y con el mismo popote, de suerte que fuera entrando en intimidad y confianza. Ya bien borrachos de Cocos Locos el patrocinador y el patrocinado se iban juntos a sus ejercicios espirituales detrás de unas rocas que los ocultaban de la vista de los inocentes bañistas, cuyo placer es producirse cánceres de la piel por los rayos ultravioleta del sol y pegotearse el cuerpo de sal y arena. Pues en mi recuerdo lo importante es justamente el sol, que algo protege de las malas intenciones del prójimo. A Pasolini lo mata-

58

ron porque se fue con un *ragazzo di vita* a la playa de Ostia cerca a Roma, de noche. Si hubiera sido de día, otro gallo hoy le cantara al autor de *Salò o le centoventi giornate di Sodoma*, y seguiría cantando en la ducha. Un chichifo mexicano en la Condesa de Acapulco no representaba mayor peligro de día, ¿pues qué le podía quitar a un turista en traje de baño? Tal vez la vida si el desventurado no traía unos billetes empaquetados en el bañador para pagar por los placeres prohibidos: lo podía ahorcar y dejar el cadáver detrás del peñasco. Así era, ni más ni menos, pero el que no se arriesga no cruza la mar. Solo los muertos no corren riesgos. Las playas son antesalas del sexo y no hay muerto desventurado, la desventura es condición connatural de los vivos. ¡Ay placeres de Acapulco, idos son! Te me llevaste mis chichifos asesinos, tsunami del Tiempo, miserable Cronos.

Van los fantasmas por Laureles en la noche envueltos en sus harapos de bruma. Nadie sale, ni de día ni de noche, de los edificios de mi barrio. Medio año llevan confinados por obra y gracia de la peste que se apoderó de la ciudad, la peste de la deshonestidad y el miedo. No sé si en los barrios pobres de Medellín sigue saliendo el sol y la gente a la calle. A lo mejor ya ni existen, desaparecieron. ¿Pero entonces de dónde vienen los zombis? ¿Brotaron por generación espontánea del subsuelo?

Pues los tambores han vuelto a sonar y no me dejan dormir. ¿Por qué el alcalde Quintero no los para? Claro, porque el ruido no le afecta en nada a él. Sus esbirros no los dejan acercar a su casa, de suerte que el sinvergüenza pueda soñar día y noche con la presidencia de Colombia, el terregal. Y algunas noches al pasar estas almas en pena por la acera de mi casa, la de mi Casablanca la bella que por dentro y por fuera mantengo como un espejo, se me vomitan en el antejardín y siguen su camino impasibles rumbo a la esquina con su tamboreo. Antes de que se declarara la peste le decían a quien se les cruzara: «Tengo hambre, tengo hambre, tengo hambre». Pero no con la humildad de los pordioseros de Pérez Galdós, que eran humildes. Nooooo… Esos eran tiempos dulces. La era de la mendicidad sumisa ha terminado, ¡cuánto hace que pasó! Todo se desmejora, o si prefieren, se empeora. Todo antes era mejor, o si prefieren, menos malo. El titán Cronos, el que con una hoz castró a su padre Urano (esposo y hermano de Gea) por no haberse limitado al coito en vez de extrapolarlo al engendramiento incestuoso, echó a perder hasta a los pordioseros. Todo lo arruina Cronos, todo lo cambia, todo lo daña. Muy alzados estos mendigos que me tocaron al final de mi vida. Los posee una rabia que les sale de lo más hondo de sus contorsionadas tripas y lo hacen sentir a uno culpable, como si uno los hubiera engendrado o parido. Yo no tengo la culpa, desechables, si no han comido. Y ahora arcadas, vomitando en el antejardín de mi casa. Pero mejor me callo o me matan. Los desechables tienen cuchillos en el alma y detestan a la sociedad.

Y si vomitaron, ¿cuál era pues el cuento del hambre? ¿No dizque no comían? El que nada tiene adentro nada puede vomitar. ¡Por Dios, de dónde sacamos un alcalde que le ponga un hasta aquí a este descontrol! «Ahí viene otra tanda de desechables, mire, mire, Quintero. Vienen por la acera de enfrente, tome nota, sinvergüenza pagado a precio de oro por los contribuyentes que lo padecemos, nosotros».

—¡Señor, señor! —me gritan con ira desde la acera de enfrente llamándome la atención como si yo fuera un criado de ellos que no está cumpliendo su deber—. Son las doce de la noche y no he desayunado.

—Espérese hasta las seis de la mañana para que desayune con arepa y huevo —le grito.

—¡Hijueputa! —me grita.

Cierro rápido la reja de Casablanca antes de que se me venga esta chusma con sus cuchillos a degollarme. ¡Qué descanso! Logré entrar. Me tardo y me matan. Ya estoy en la seguridad de mi casa, con la puerta cerrada con siete llaves y Brusca a mi lado. A ver si no entran fantasmagóricamente a través de las paredes. El que nace corre riesgos y más si duerme profundo. Por lo que a mí se refiere, tengo el sueño huidizo, y si logro pegar un ojo sueño. Y si sueño mis sueños son pesadillas, nunca me veo corriendo a campo abierto entre florccitas. Me levanto entonces con el corazón trepidando de angustia y bañado en sudor. Es que estaba soñando con los que quiero y han muerto, como si estuvieran vivos. Sueño que me les acerco para decirles que los amo y la falta que me hacen, y se desvanecen. Me pasa con David, con mi abuela, con mi padre, con Argia, Bruja, Kim y Quina y unos pocos más, mis amores. El resto de la humanidad fenecida durante el correr de las edades (unos dos mil millones según mis cálculos) me valen madre, como dicen en México. Un domingo de estos, cuando después de ir a misa y estén ustedes en la ociosidad de sus casas leyendo, les hago la lista de mis muertos amados. Lo prometo. Entre tanto aquí les van, para que los empiecen a querer, los perros rescatistas del terremoto: Frida, hembrita labradora de la Unidad de Rescate de la Armada de México. Evil, pastorcito belga, ídem. Eco, pastorcito alemán, ídem. Titán y Akela, pastorcitos belgas de los Bomberos de Silao que colaboraron en el rescate de veintiuna personas. Kublai, goldencita retriever hembra de la Policía Federal de México. Humo, pastorcito alemán de los Bomberos de Aguascalientes que colaboró en el rescate de tres. Nalah, retrievercita voluntaria entrenada en el Escuadrón de Rescate y Urgencias Médicas que colaboró en el rescate de doce. ¡Qué hermosos animales, cómo los amo, son mis hermanos! El vocablo «condómino», en cambio, se me hace de tal bajeza, de tal vileza, de tal podredumbre, que me empaña el brillo de mil años de lengua española. Nunca lo usen. Ni en lo hablado ni en lo escrito. Les quita lustre a las obras de arte.

—David, ¿no se te hace hermoso el nombre de «Humo» para un perro?

—Suena bien. Muy conciso, lo entienden perfectamente.

—Yo digo que lo máximo que debe tener el nombre de un perro son dos sílabas. Fíjate y verás que las que hemos tenido son monosilábicas o bisilábicas: Argia, Bruja, Kim y Quina, y ahora Brusca. Tú les pusiste los nombres a Argia y a Brusca, y yo a Bruja. ¿A que no sabes quién les puso los nombres a Kim y a Quina?

—¿Quién sería?

—El conserje, que fue el que las recibió cuando entraron de la calle al edificio. Él las adoptó para que las cuidáramos nosotros. Pero no se lo reprocho. Le agradezco su buen corazón aunque sea con indulgencias ajenas. ¿Sabes cómo le dijo una señora esta mañana a Brusca? Primero me preguntó: «¿Cómo se llama la perrita?» «Brusca» le contesté. Y ella oyó mal y comentó: «Ah, muy bonito el nombre que le pusieron: Tosca». Vieja sorda, dizque «Tosca»… Esa es una ópera.

Nos quedamos pensando un rato y luego le dije:

—David, si tuviéramos un perro, después de tanta perrita, me gustaría que lo pusiéramos Humo o Eco.

—Ya no podemos tener más perros, Fer.

Y tenía razón. Se nos había pasado ya la hora de los perros. Venía ahora la hora de la Muerte.

A Bruja nos la regaló Miguel Ángel, un amigo que murió de sida (uno más entre una veintena). Nos la trajo de tres semanas, del tamaño de la que después fue su cabeza: una gran danés hermosa, negra, enorme, majestuosa, con una mancha blanca en el pecho. Nunca amor más grande que el que le tuve ha habido. A los catorce años murió, un récord para un gran danés. Cuando tenía nueve, Miguel Ángel le recomendó a David que me fuera preparando para lo que venía porque los gran danés no viven más de eso. Se equivocó. Cinco años más vivió y casi me muero con ella. No cuento su muerte para no destrozarme más esta retacería de alma.

Argia murió de cáncer en los huesos. David ya la tenía cuando nos conocimos. Se la había regalado un amigo actor, que también murió de cáncer, pero en la garganta. No la quise como debía, y no tengo más remordimiento que este en la vida. Entonces no veía a los animales como personas sino como cosas. Nací con la venda moral que me puso en los ojos el cristianismo. Tal vez ustedes también y aún no se la hayan quitado. Y acaso no se la quiten nunca. A mí me tomó tiempo. «Maldito seas, Cristo, que no quisiste a los animales. Eres la alimaña más dañina que ha parido el *Homo sapiens*». ¡Qué digo *sapiens*: *sporco*! El *Homo sporco*, la especie más dañina y mala desde que la vida apareció sobre el planeta.

Arrastro tantos miedos… Miedos de la especie, miedos míos, miedos a los terremotos, miedo de que se me funda un foco porque si me monto en un banco a cambiarlo me caigo y me quedo tetrapléjico. ¿Y quién va a velar por Brusca y por mí? No cuento con nadie en el mundo. La humanidad pide pero no da. Aquí tienen a estos desechables que por la mañana, por la tarde y por la noche tienen hambre y que se me vienen encima uno después del otro o en manada. Definitivamente esto no le quedó bien hecho al Creador.

—¿Por qué no hiciste al hombre propulsado por energía nuclear interna? —le increpé a esa Entelequia Malsana no bien le dije sus cuatro verdades al Hijo—. Nos hubieras hecho con isótopos de uranio radioactivo que se basta a sí mismo sin necesidad de adenosín trifosfato y así no tener que comernos a los animales. Pues no. Nos hiciste de carne perecedera dependiente del exterior y que al morir se descompone y los que se nos acercan para enterrarnos se tienen que tapar la nariz y la boca con tapabocas porque olemos mal y apestamos. La fragancia sexy de la juventud vuelta una hedionda gusanera. ¿Se te hace muy chistoso lo que hiciste? Un año antes de la peste que nos mandaste, en tiempos de miseria generalizada pero sin peste y que el día de hoy podríamos llamar «normales», andaba yo por el centro de Medellín, el corazón del avispero, buscando un tubo de inodoro para remplazar uno que se había picado. Hervían el Parque de Bolívar y la Calle Junín de desechables. Sobre los indefensos transeúntes se nos venía encima el lumpen mendicante a pedirnos, a exigirnos, no bien nos divisaban. Y que una vieja como de cuarenta años, en edad todavía de bolear escoba, se me viene encima a echarme su memorizado cuento para que le resolviera sus infinitos problemas: los de ella, que tenía hijos y nietos; los de sus hijas, empujadas a la prostitución por la miseria; los de sus hijos, empujados a lo mismo por lo mismo o trabajando de sicarios; y los de sus nietecitos, que estaban aprendiendo. Y como no le di, con una rabia cargada de desprecio y de odio que le brotaba de las tripas me dijo:

—Que Dios lo bendiga.

—Que la bendiga a usted —le contesté—, que a mí ya me bendijo con dos terremotos.

El primero terrorífico y el segundo apocalíptico, hasta el punto de que San Juan con su Apocalipsis se queda corto: acabó con lo que había dejado en pie el primero, la confianza en mí mismo, la seguridad de que por más que rodara el mundo yo era eterno y parece que no. Mejor dicho ya lo sé, estoy muerto. Pero eso sí, me queda el orgullo de que viví sin quejarme nunca, al estilo de David. Nunca vi bien y jamás escuché a nadie, mas no por soberbia como pensarían mis malquerientes, sino por problemas auditivo-oftalmológicos. Algo tengo en los oídos que no me deja ver por los ojos.

Primero un terremoto, después otro, después murió David, después me vine con Brusca a Colombia y aquí me tienen desconectado del mundo y sus quehaceres por la peste de los desechables y los zombis pero por fin oyendo bien: tambores y más tambores y más tambores. Por lo menos los tambores me apagaron el tinnitus auris, un tintineo que mantenía en el cerebro sintonizado en la emisora del recuerdo. Shhhhhhh, presten atención, déjenme oír los ruidos de afuera. Voces gangosas se les están sumando ahora a los tambores. ¿Qué será? Música disco no. Reguetón tampoco. Hard rock tampoco. Heavy metal tampoco. En esencia lo que es es un rap gangoso y mierdoso con acompañamiento de tambores. Estos zombis dodecafónicos mastican las palabras más disímiles a toda velocidad para irlas procesando lentamente en las tripas y después, cuando caiga la luna, venir a mi antejardín a evacuarlas. En lo más candente del verano se suelta una tormenta eléctrica, preludio de refrescante lluvia, y arden los campos. Y llueve, sí, pero semanas después, cuando ya está quemada toda California. Ocurrencias del Altísimo. ¿Michael Jackson quién es que se me olvidó? Tengo entendido que una criatura abortiva a mitad de camino entre un negro blanqueado y un alebrije mexicano. Muy movedizo él. Va y viene por el escenario, micrófono en mano, y dicen que electriza.

Una aclaración en este punto. Si narro tragedias es porque las he vivido y porque he tenido una vida dolorosísima, interesantísima. Más que la de una huerfanita irlandesa que al crecer se vuelve escritora y narra sus desventuras de la infancia. Dejando de lado el lado malo de la vida, me ha ido más bien bien. Nací de padre pudiente y bonito. Imagínense que hubiera nacido con un pie más corto que el otro... Así para qué plata. ¿Para tener que pagar uno por el sexo? Miren lo feo que es Bloomberg el potentado. Y chaparro. Se empina detrás del podio para alcanzar el micrófono y que el público lo pueda ver desde abajo. Yo en cambio nací altito y de buen ver. El micrófono, desafortunadamente, todavía no lo domino. Se me olvida que lo tengo en la mano y que les estoy hablando a multitudes, y sin darme cuenta lo pongo en el podio y ahí lo dejo. El público entonces no me puede oír, pero qué importa. Como tampoco me entiende... A mí nunca me ha entendido nadie.

Los dos terremotos se dieron con una separación de treinta y dos años exactos: ambos un 19 de septiembre por designios del Señor. Exactos sí, pero no tanto pues si bien fueron el mismo día del año no ocurrieron a la misma hora del día: el primero nos despertó a las 7 y 19 de la mañana, y el segundo rompió a destrozar a la 1 y 14 de la tarde, con una diferencia de seis horas menos cinco minutos entre uno y otro. Entonces Dios no es tan exacto ni tan equilibrado como creen. Cojea de un pie por lo menos. Exacto será un reloj atómico de cesio. Y eso quién sabe, pues ¿con qué reloj se calibran los relojes de cesio? Se calibran unos a otros, como está llena de controles internos la democracia. Se ponen tres relojes de cesio a dar la hora. Si dos o tres de ellos coinciden, más o menos esa podría ser la hora. Si los tres difieren, no existe el Tiempo. ¿Y cómo saben los relojeros calibradores si coinciden o no coinciden los relojes de cesio? ¿Acaso les leen a toda velocidad las esferas mirando del uno a los otros? No sé. «Doctores tiene la Santa Madre Iglesia que saben responderlo» (catecismo del padre Astete).

Veinticinco mil mató el gran terremoto y tumbó o despedazó otras tantas viviendas. De suerte que fue un terremoto consecuente consigo mismo, equilibrado en sus cifras. Como yo que no fallo. Y si fallo me alcahueteo por dentro, y en una escala de 1 a 10 me califico diez plus. Como mi mamá que en una escala de 1 a 5, la que se estilaba en mi niñez en Colombia, cuando se calificaba a sí misma y su actuación en la vida ante sus veinte hijos se ponía «cinco admirado». Vivió convencida de su santidad que ni que fuera papa. Una papisa con abundante descendencia. Pues «de tal palo tal astilla», así salió su hijo menor, yo, todo un señor. Me pongo cinco admirado o diez plus. De ahí no me bajo.

El gran terremoto, el de treinta y dos años atrás, solo se sintió en una parte del D.F. o Distrito Federal, como se llamaba entonces la Ciudad de México. Ocurrió en su zona sísmica, que la comprenden el llamado Centro Histórico, más las colonias Condesa, Roma, Del Valle y Narvarte. Ni el resto de la ciudad, ni el resto del país, ni el resto del mundo percibieron el temblorcito. Para seguir viviendo el hombre no debe pensar en la Muerte y por un acto de fe ha de creer que está parado sobre tierra firme y no en la cresta de las olas del tsunami del Tiempo. Horas o días después del gran terremoto la humanidad se fue enterando de la magnitud de nuestro desastre, pero a cuentagotas porque las antenas del Centro Telefónico San Juan, que comunicaban a la capital consigo misma, con el interior de la República y con el resto del planeta, quedaron en tierra mordiendo el polvo cuando el terremoto les puso su soberbia en su lugar. Incomunicados de todos, en medio de la polvareda y los incendios, éramos unas islas errantes. Íbamos de aquí para allá, de allá para acá, sin saber qué pasaba. Dios nos libre de la incomunicación, trae el caos. Hoy el hombre necesita saber, estar enterado minuto a minuto, y el sexo y la comida pasan a segundo término, ya no vivimos para ellos. Cuando mi primer terremoto no existían los celulares. La humanidad carecía del sexto sentido, solo tenía los cinco del chimpancé, y en México poco más se conocía la honestidad. El PRI robaba con impunidad absoluta. Y con la misma impunidad e impudicia con que robaba desapareció de la ciudad durante el gran terremoto y la dejó a su suerte los días que siguieron. El D.F. tomó entonces en sus manos su destino. El público se organizó, nos organizamos, para que siguiera la función. Filas de rescatistas nos íbamos formando enfrente de los edificios colapsados (como viejas haciendo cola en un confesionario), para sacar de los escombros a los sobrevivientes y los cadáveres. Y los perros ayudándonos. ¡Qué conmovedor! Nunca he querido tanto a México como entonces, nunca me han dolido tan hondo sus desgracias. Fuimos noticia mundial por unos días, ¡pero ay, todo pasa, nada queda! Asentado el polvo caímos en el desinterés, ni más ni menos como la Revolución Cubana, que de mucho ruido al principio acabó en pocas nueces. Murió el barbudo Castro y el carromato en que lo llevaban por la isla en entierro triunfal se varó por falta de gasolina venezolana. Entonces quedaron varados la revolución, el ataúd y el cadáver. ¡Ah grandezas humanas! ¡Cuánta perorata boba que se lleva el viento!

Le hablaba de múltiples cosas: de física, astrofísica, Sócrates, Platón, Aristóteles, o de mi compasión por los animales, que tanto sufren. Y compasión también por ustedes, por nosotros, que también sufrimos, hijos todos de mujer, víctimas de nuestras madres y su lujuria paridora. ¿Por qué se tendrán que hacer empanzurrar estas bestias bípedas con inyecciones de semen venenoso? No lo logro entender. «¿Qué opinas de estas tesis mías, David? —le preguntaba—. ¿Estás de acuerdo?» Contestaba con una larga «Aaaa-

aaaah». Poca atención me prestaba. Tenía preocupaciones, «pendientes» de solución urgente, como digamos el desbordamiento del mar sobre los espectadores del Palacio de Bellas Artes de México (templo mundial de la ópera), en *Los pescadores de perlas* de Bizet, cuya escenografía, vestuario, iluminación, efectos especiales y tramoya corrían a su cargo. Responsabilidad grandísima. ¡Cuál trencito de los hermanos Lumière llegando a la estación de La Ciotat en la sala oscura y viniéndoseles encima a los espectadores del Grand Café de la Place de l'Opéra de París que asistían al debut mundial del cinematógrafo! «¡Aaaaaaay! —gritaban los asistentes aterrorizados—. Nos va a matar ese tren». ¿Se asustaron? ¡Por noveleros! ¡Quién los mandó a meterse en la boca del lobo! Pues la solución al problema del desbordamiento del mar en Bellas Artes la tenía yo y se la daba en bandeja de plata a David:

—Proyéctales en *back projection* el mar embravecido. Salvo que quieras que los de las primeras filas se mojen… Y como el campamento de los pescadores de perlas se quema en esa ópera, le prendes fuego a Bellas Artes.

Que las llamas subieran hasta el palco presidencial a abrasarlo a ver si salíamos de una vez por todas del primer mandatario en el estreno. Su nombre sobra decirlo porque todos son iguales, los de aquí y los de allá, los del presente y los del pasado, cortados por el mismo sastre con la misma tijera: los de Colombia, los de Francia, los de Italia, los de España… Olivos y aceitunos todos son unos. Todos cacos. Cacorros todos.

Y David pensativo, absorto en sus pescadores de perlas. Mis tesis político-morales no le hacían mella. Se le resbalaban por los hombros como chorros de lluvia sin penetrarle en la cabeza. Nunca hizo el menor esfuerzo para entender mi asqueamiento por los políticos, por los clérigos, por los médicos, los opinadores, las opinadoras, los preguntones, las preguntonas, el judaísmo, el cristianismo y el Islam, como llaman pomposamente a la secta de Mahoma sus secuaces, a los que no les gusta que uno los llame mahometanos. Según ellos son islámicos.

Me levantaba y me iba a la cocina a prepararle a David un café.

—¿Cómo lo quieres? ¿Cargado o suave?

Como no contestaba por estar hundido en sus profundidades escenográficas se lo traía intermedio. Unos colibríes verdes volaban como helicópteros minusculísimos sobre las macetas florecidas del balcón y éramos felices. De repente surgió un dron de entre los árboles y se dio a revolotear frente a nuestra ventana.

—Mira, David, lo que está ahí: un dron del Mosad espiándonos. A ver si no nos sueltan unas bombas-racimo y acaban con nosotros.

Pero no, no ocurrió. El dron giró y siguió su camino por entre los árboles de la Avenida Ámsterdam rumbo al cruce de la Avenida Sonora con la de Nuevo León.

—Estoy seguro de que estos sionistas andan espiándonos y tomando fotos. No confío en los judíos, ni en los musulmanes, ni en los cristianos. Mejor dicho en nadie.

—¿Y por qué nos iban a matar los judíos? Yo no vi nada raro afuera, Fer.

—No sé en qué mundo vives entonces, David.

Pasé a preguntarle si creía que yo tenía principios de alzhéimer, si notaba algo raro.

—Lo más mínimo —contestó—. Estás maravillosamente bien de la memoria.

—¿Entonces por qué se me está olvidando en este momento el apellido de Morley, si he estado hablando de él, aunque no era judío ni fabricante de drones sino de muebles?

—¿De qué Morley me estás hablando?

—Pues de Morley Web.

—¡Pues el apellido es Web, lo estás diciendo!

—¡Qué memoria la tuya, David! Con razón estás tan tranquilo. Ojalá yo la tuviera así de vivaz. Se te vienen las palabras del cerebro directamente a la boca sin tener que pasar por el abecedario como me pasa a mí: ¿El nombre que se me está olvidando en este instante empieza por a, o por be, o por ce, o por cuál?

Y les paso revista a las letras del abecedario hasta la zeta y nada que lo encuentro. Entonces sigo de dos letras en dos letras: ¿Abelardo? No. ¿Acacio? Tampoco. ¿Adalberto? Tampoco.

—Y esa calma que te caracteriza, David, esa confianza tuya en el suave discurrir del mundo que a mí me falta...

¿Estos sionistas ladrones que les han robado su tierra a los palestinos ya sabrán que me río de la existencia histórica de su Moisés? ¿O sería un dron islámico el que venía a ver si yo me estaba riendo de Alá y de su lacayo Mahoma? Yo hablo del que se me dé la gana, como se me dé la gana y cuando se me dé la gana, según me lo vayan dictando las dos campanas que me cuelgan del campanario. Finalmente no pasó nada y el dron se siguió con sus bombas-racimo hacia el cruce de Sonora con Nuevo León. Resumiendo: no le inquietaba a David ni una máquina asesina plantada frente al ventanal de su ventana zumbando en el aire. Vivía inmerso en su mundo interior. ¿Habría alcanzado acaso, desde antes de que nos conociéramos, la paz del alma que me negó a mí la vida?

—¿Qué te pasa, por Dios, David, que nunca me contestas? ¿No estás oyendo bien, o será que los años lo blindan a uno del mundo exterior como en una sala de grabación de sonido? No creo que sea tu caso pues estás enterito, tienes para largo. Ves bien, oyes bien, caminas bien, duermes bien, todo bien, con razón no te quejas.

Pocos años después David moría de muerte natural imparable, a unos meses de ocurrido el terremoto, también imparable. Murió porque no orinaba bien. A lo cual le tengo terror, lo confieso. La vida del hombre no tiene nada de largo, se va muy rápido, con rapidez tediosa. Muy aburrida se me hace. Estoy harto de libros, de cine, de hombres, de mujeres, de disgustos, de placeres, de lo que sobre o de lo que falte, y especialísimamente del sexo, que considero una enfermedad neurológica que les daña la cabeza a quienes la padecen. ¡Pobre gente, sin poderse zafar de la lujuria! Hagan de cuenta los que viven prisioneros de la ambición de poder o de plata. Yo ni de la una ni de la otra ni de ninguna, soy libre. En cuanto al sexo, no le conozco la cara. No sé a qué huele ni a qué sabe. He vivido siempre libre de ese empecinamiento de los animales que viven libres, sueltos en el campo, y se lo agradezco a Dios. Consúltense a ver si miento mis Obras Completas, en proceso de edición justamente en el momento en que escribo, ahorita, a las 12 del día, en este instante, y que aparecerán en mayo próximo (si Dios quiere y no nos manda otra peste) en tres compactos volúmenes de pasta dura que engloban, dos puntos: mis biografías, mis novelas y mis obras de ciencia, estas últimas imperecederas, como verá la humanidad dentro de mil quinientos años cuando le eche un repaso ocioso a su pasado. «¡Qué mente tan lúcida la de ese hombre del lejano ayer!», dirán de mí los del futuro sin saber muy bien cuándo vine a este mundo, cuándo me fui de él, qué hice, qué dije, qué pensé. Lo que queda de uno (cuando uno tiene algo que decir, y como ven yo tengo mucho) se integra al espíritu humano y el resto desaparece. Mi pequeño espíritu de individuo individual se ha de sumar pues al gran espíritu humano, único, englobador, que empezó cuando éramos cavernícolas y ruñíamos huesos. Punto y aparte.

Y paso a preguntarme si David ya habría dado el viejazo cuando vino a echarnos su vistazo el dron. Viejazo llaman en México a la vejez repentina que se le viene a uno encima como un rayo. En Colombia no tenemos término para ese horrible fenómeno por nuestra pobreza ingénita de lenguaje. Allá nacemos prácticamente mudos. Sobresalimos en cambio en el atropello, el atraco, el robo, el insulto y los plagios, somos maestros del *copy and paste*. En cuanto a los insultos, no tenemos rival en el planeta. Piénsese por ejemplo en los que hablan hoy hebreo, la pobre lengua revivida que habló Moisés, que para insultar tienen que recurrir al turco. En cambio nosotros los colombianos gozamos en ese campo de colombianísimas riquezas. Y sin hacer uso de ellas en estas memorias para no ofender a los lectores delicados (que los hay), he entendido humildemente en carne propia qué quiere decir «viejazo»: la vejez que irrumpe cuando uno pasa, sin esperarla, de una página a otra del libro de la vida. Cuando empecé el de la mía (de la cual este es el vigésimo tercer volumen) era un joven lleno de arrestos y ánimo. Hoy les habla un viejo que teme subirse a un banco a cambiar un foco que se le fundió porque si se cae y queda tetrapléjico, ¿quién se va a ocupar de su amada Brusca? ¿Quién, si con la humanidad no puedo contar para ninguna obra de caridad? A mi Brusca le tocó un papá viejo. Con casa grande sí, y de techos altos, pero peligrosos. Una simple subida en banco me puede mandar en vivo y en directo a la barca de Caronte. ¡Malditos focos, que no duran ni una década! Como los zapatos, las camisas, los pantalones, los calzoncillos… son prácticamente desechables, y ya no hay pañuelos. No existen, se acabaron, los descontinuaron, los sacaron del mercado. Pues a mí no me van a descontinuar mis «detractores», como se designan a sí mismos unos cuantos hijos de pe. Aquí me tienen, pluma en ristre, para acabar con ellos y sus madres.

¿Por qué los padres y los maestros no preparan a sus hijos o discípulos para la vejez y la muerte? ¿Por qué les hacen creer que son los reyes de la creación? ¿Y que son eternos, si no pasan de ser unos pobres bípedos excretores desde que nacen? ¿Por qué no les prohíben comerse a los animales, que son su prójimo? ¿Por qué no esteriliza el gobierno a la creciente pobrería de Colombia, por las buenas o por las malas, gústeles o no? Hay que ligarles los conductos seminales a los hombres, y a las mujeres las trompas de Falopio. Y ojo, médicos, con no irles a ligar a estas Evas reproductoras las de Eustaquio, las del oído medio y no las del bajo vientre, que las dejan sordas. Los médicos son muy brutos y falsos. Y no vayan a creer los quejumbrosos pobres que los ricos nos escapamos del variado menú de cánceres que nos ofrecen estos batiblancos. De un cáncer pancreático, por ejemplo, no se salva ni el papa con la ayuda de Cristo Redentor. Se lo lleva Misiá Hijueputa.

Los años pasan de forma rara y extravagante. A los niños se les hacen muy largos, y a los viejos muy cortos. Para ellos los días son como años, para nosotros los años son como días. Se nos van tan rápido que nos cuesta trabajo hasta saber qué edad tenemos: entre medio siglo y cien años tengo yo, o mejor dicho entre un siglo y la tumba. Suprimo de mi vocabulario el adverbio «ayer» y lo cambio por «el año pasado», bien sea el de las inundaciones, o el de la peste, o el del terremoto, o el de lo que sea. Lo único que me falta por probar es tornado. En este país montañoso no los dejan coger vuelo las montañas, ¡pero cuánto me gustaría volar como derviche giróvago de *Las mil y una noches* chupado por los remolinos de aire hacia el cielo de Alá durante uno de esos fenómenos atmosféricos que tanto me atraen! ¡Eh ave María por Dios! Ochenta y nueve años que me calculo no los cumple cualquier hijo de vecino. Que los niños cuenten hasta 89 a ver cuánto se tardan: 89 segundos, que para ellos son eternidades, y se cansan de contar, si mucho llegan a 20. ¡Qué prisa la que tienen nuestros párvulos! No sospechan la lentitud que les espera. Por más rápido que pase la vida va lento. Se lo dice un viejo que tiene un pie en los noventa y el otro en la tumba, que va a servirle de base a una estatua. El mes entrante, el 24 de octubre, día fausto pero infausto, paso de octogenario a nonagenario. Empezaré entonces a dar zancadas de décadas. Van girando los derviches turcos como un trompo loco y van subiendo, subiendo, como si desde arriba alguien se los estuviera chupando o sacando con un sacacorchos. ¿Pero quién? En el techo de la Tierra están las nubes y arriba de las nubes Dios, que por lo tanto existe pues si no, ¿quién es el que hace llover? ¿Quién nos manda la lluvia bienhechora y pone a girar los tornados? El papa no. El papa llueve bendiciones y vende indulgencias. Es un estafador de la ralea de Donald Trump. Con razón Lutero dijo basta y se alzó la bata. ¡Abajo la reproducción y viva la depravación sexual que despeja el cerebro!

Mi abuelo paterno, Lisandro, tenía 67 años cuando yo nací. Mi abuelo materno, Leonidas, 52. Lisandro murió de 73 en Medellín siendo yo un niño, poco antes del bogotazo, de ese 9 de abril de terror en que la chusma bogotana despertó de su sopor para incendiar a Colombia. Y Leonidas murió también en Medellín, a los 75, estando yo en Roma estudiando cine y soñando con quemar ese país de mierda por lo menos en una pantalla. Mi padre tenía 29 años cuando yo nací, y mi madre 22. Ella nació veinte después de que muriera, a los 38, mi abuela paterna Carmen Rosa, o sea que no alcanzó por la separación de muchos años a conocer a su suegra. Ni yo, porque los que todavía no habíamos nacido nos quedábamos sin conocer a los muertos del ajeno ayer. Si yo hubiera nacido veinte años antes, o Carmen Rosa hubiera soportado la carga de la vida y aguantado esos mismos veinte hasta mi llegada, nos habríamos visto, por lo menos una vez: ella al lado de mi cuna y yo feliz, despatarrado, riéndome. «¡Qué niño tan hermoso —habría dicho ella—, qué bueno que lo alcancé a conocer!» Me habría querido mucho y yo a ella. Dado que no la conocí, a quien más he querido en la vida junto con David es a mi abuela materna Raquel, que tenía 48 años cuando yo nací, y esta sí me vio en la cuna, y me sacó de ahí y me cargó. «¿Y esta viejecita que me está levantando en el aire quién es? —pensé—. ¡A ver si no me deja caer!» ¡Qué me iba a dejar caer si ya me amaba! Mi amada abuela Raquel murió también en Medellín, a los 85 años estando yo en México, y esa fue la primera vez de las dos que me morí. La segunda cuando murió David. Estoy ahora a la espera de la tercera y última, cuando se muera Brusca y yo dé el paso final. Al perspicaz lector, que tan inquisitivo es y que quiere saber más de lo que le cuentan, lo desafío a que deduzca los años de los siglos XIX y XX por los que circularon estas almas en pena de que estoy hablando, estas incandescencias dolientes. Puede buscar las partidas de bautismo y de defunción en los archivos parroquiales de los siguientes pueblos del departamento de Antioquia: Medellín, El Retiro, Jericó y Támesis. Y pongo a Medellín como pueblo porque es lo que sigue siendo, un poblacho grande, malo y feo; sucio, atronador y muerto de hambre; pero eso sí, pariendo a lo que le da la pólvora.

Los diez últimos años de mi vida los tengo borrados, se me fueron sin dejar rastro. Cuando me acercaba a mi septuagésimo octavo cumpleaños pensaba que iba a cumplir diez menos, sesenta y ocho. Y no porque me estuviera quitando los años que para qué si estoy en la Wikipedia actualizado hasta el día de hoy, sino porque esa década se me fue como una saeta que pasa de largo y no deja ni registro en la memoria. Así es este negocio. No sé qué irán a hacer mis biógrafos para llenar la década perdida. Inventarán, novelarán, le saldrán al lector con una biografía novelada de esas que escribe el marqués de Vargas Llosa, el amigo del rey de España, del que mató al elefante. A mis biógrafos les pido que condimenten la vida que me atribuyan con escenas picantes para que no se aburra el lector. No le expliquen nada, excítenlo que él lo que busca es sensaciones fuertes, chile picante, sentir, no entender. Primero va la sensación, luego la comprensión o entendimiento. Antes de entregarme a comprender la gravedad me di a sentir y experimentar sincronizándome con seres ajenos, usualmente de mi mismo sexo, pero no siempre porque toda regla tiene sus excepciones. Sus excepcionalísimas excepciones. Si algún día llegan mis lectores al piso 78 de Ámsterdam 122 en que voy, sepan que les espera el olvido: el propio en su interior por la explicable atención continua del doctor Alzheimer, y el ajeno en el prójimo. Y si se sienten mareados por tanto ascenso, apóyense en la pared para que no los tumbe el vértigo.

¡Qué voy a tener el mal de Alzheimer si me acuerdo de todo! De épocas de mi vida y episodios lejanísimos como cuando los estaba viviendo. Puedo describir ciudades, viajes, trenes, barcos, ambientes, personas, contándoles a ustedes sus vidas y repitiendo los diálogos que sostuve con ellos como todo un Balzac. Ya saben que poseo la doble clave que me permite en mi desastre capotear la realidad: la del lector de pensamientos y la del borrador de recuerdos.

De mi estancia en Nueva York, por ejemplo, les puedo contar que andaba con un zoológico de colombianos: el Camello, el Gato, el Perro, el Gallo, el Pollo, el Pájaro…

El Pájaro era caleño, bajito, de gafas, feíto pero muy inteligente: podía hablar conmigo. Sosteníamos conversaciones de horas, sobre lo uno y lo otro, caminando por calles, o playas, o malecones, tratando de entender cómo el universo entero surge de golpe de la nada, de la cual no sabemos nada, por lo cual no podemos afirmar con seguridad nada. Y viendo de paso las bellezas que pasaban. Íbamos el par de filósofos peripatéticos un verano por el paseo marítimo de Coney Island, distrito de Brooklyn, dialogando, al borde de una playa de arena caliente, cuando he aquí que vemos venir hacia nosotros un gringuito de una belleza tal, y de una sexualidad tan contundente, que nos quedamos de una sola pieza idiotizados. Lo seguimos con la mirada cuando giró y entró a una cabina con inodoro de esas que tienen los gringos en las playas. ¡Y que empiezan a sonar de adentro del cubículo unos tremendos tronidos de un estrépito espeluznante, hagan de cuenta un cañoneo del pirata Morgan sobre la ciudad de los rascacielos!

—¡Eh ave María, por Dios, qué cagada tan indigna! —comentó el Pájaro.

—No te hagas muchas ilusiones, Pajarito, que por imposición ontológica los reyes de la creación y todos los animales que puso Dios a nuestra disposición provenimos de una primera especie excretora. El planeta Tierra, Pájaro, y metételo bien en la cabeza, no nos parió: nos cagó.

—Vos siempre decís verdades que lo dejan a uno atónito —me contestó.

—Por eso sos mi amigo —le contesté—. Podrías ser mi discípulo o seguidor. Sígueme y te guío por el camino de la salvación, y de mesero que eres ahora te convertiré en pescador de almas.

—A mí las almas no me interesan, yo lo que quiero es cuerpos que me den satisfacciones. Muchas. Terrenales.

—¡Qué materialismo el tuyo tan vulgar! ¡Cómo se ve a la legua por la lengua que no sos de Medellín sino de Cali, el garaje con obispo!

Y así termina esa conversación mía con el Pájaro, y no sé qué siguió ese día en la playa. Pero me acuerdo también de otra mañana en que estábamos en el Rockefeller Center, en la plaza, tomándonos un café costosísimo, a lo millonario, que ni que estuviéramos en la plaza de San Marcos en Venecia aleteados por las palomas, que de vez en cuando cagan a algún millonario.

—¡Y qué importa lo que cueste este café! —dijo el Pájaro—. A mí me gusta todo lo nais.

Lo nais en inglés se escribe lo *nice*. Y justamente pasó frente a nosotros un *hustler* muy nais.

—Preguntale, Pájaro, que cuánto cuesta un ratico con él, vos que toreás tan bien en inglés.

—Preguntale vos que lo viste primero.

Entonces me levanté de mi asiento y le grité al *hustler* con voz de mando:

—¡Ey! ¡Venga! How much do you charge?

Se detuvo y abrió sus dos manos grandes muy sexys separando sus diez dedos sexísimos. Era de una sexualidad exorbitante, aunque algo pálido.

—Para juntar diez dólares, Pájaro —le expliqué—, tengo que trabajar una semana. Y si me los gasto en bellezas, ¿con qué pago la comida y la pieza del hotel?

Al ver mi expresión de abatimiento sacó del bolsillo un billete de diez y me lo extendió junto con estas palabras inolvidables:

—Aquí tenés para que te lo llevés. Corré a verle la cara a Dios.

Y yo el honorable, el digno, el cretino, el bobo, con esta dignidad imbécil que me caracteriza heredada de mi padre y que tanto mal me ha hecho en la vida, abrí la estúpida boca y rechacé la oferta de verle la cara a Dios:

—Pensándolo mejor, no lo quiero, Pájaro. Se ve buenísimo, sí, pero muy muy pálido. Ha de tener tuberculosis.

El *hustler* siguió su camino después de mirarnos de pies a cabeza con desprecio. ¡Qué memoria la mía y qué agradecimiento le guardo al Pájaro por su grandeza de alma! Nunca se me olvidará el tuberculoso que me regaló y que me perdí para siempre y hoy, después de tantísimos años transcurridos y a un paso de la tumba, me arrepiento del pecado no cometido. Mariconadas de un prófugo del seminario, reticencias sin sentido. Pecado que no comete el cristiano teniendo a la mano la satisfacción, pecado que lo perseguirá como un remordimiento imborrable en lo que le reste de vida, hasta que le cierren la tapa del ataúd.

—¿Y qué pensás de la existencia de Dios? —me preguntó el Pájaro un día invernal mientras departíamos peripatéticamente por la orilla del Hudson, viéndolo arrastrar témpanos de hielo.

—Más existencia tiene un neutrino, minusculísima partícula que atraviesa la materia sin tocarla ni mancharla como un rayo de luz a la virginidad de la Virgen —le contesté.

Asombrosa respuesta pues el neutrino ni siquiera se conocía entonces, ¡y yo ya lo estaba postulando! ¡Cómo voy a estar mal de la cabeza y tener el mal de Alzheimer! Lo que soy es un Funes el memorioso que sabe dónde estaban las hojas de los árboles antes de que las moviera el viento y cómo avanzaban, con lenta y armoniosa calma y cadencioso orden, los helados témpanos de hielo que arrastraba el Hudson. Y no tengo más recuerdos del Pájaro, ni de Coney Island, ni del Rockefeller Center, ni del helado río de Nueva York. Si el Pájaro ya murió, háganmelo saber por email para anotarlo en mi libreta de los muertos y recomendárselo a Dios. Que el Señor lo tenga en Su Gloria y deponga toda sospecha que él no le va a robar nada en Su Casa. Se llamaba, o se llama, Jairo el Pájaro. Y era, o es, de Cali, departamento del Valle. De gafitas. A ver si son tan buenos investigadores y me lo localizan para que me escriban. No creo que sean tan verracos como yo que a partir de cero, de lo que se dice nada, escribí las biografías de tres fantasmas que nadie lograba agarrar en la multimencionada Colombia: Silva, Cuervo y Barba Jacob, a quienes mantengo inmovilizados con la mano izquierda porque de tanto tirármela Brusca cuando la saco a pasear perdí la fuerza en la derecha.

Mi diálogo de cuarenta y siete años con David me lo interrumpió pues su muerte y quedé hablando solo en voz alta como si él siguiera viviendo, diciéndome a mí mismo lo mismo, lo mismo, lo mismo, y el eco repitiéndome desde las paredes de esta casa blanca donde vivo ahora sin él lo mismo, lo mismo, lo mismo, como un disco rayado. Como uno de esos de vinilo que leían unas agujas gruesas que vendían por gruesas en El Centavo Menos de Medellín, una tienda miscelánea surtida de todo, de lo que haya y pueda haber, una revoltura de cosas más enmarañada que la que me llena la cabeza: desde linternas para alumbrar ánimas del purgatorio cuando, cansadas de la eternidad, se apoyan en matas de plátano, hasta lámparas de Aladino o el gorro del gordo Capeto. La aguja gruesa iba de surco en surco acariciando los discos de vinilo pero a veces (y en este mundo nunca faltan las veces, ya saben) se atoraban en algún rayoncito, y seguían cantando lo mismo, lo mismo, lo mismo. Por ejemplo: «No te puedo querer, no te puedo querer, no te puedo querer…» Entonces uno con el índice y el pulgar de la mano derecha si era diestro, o con los de la izquierda si era zurdo o siniestro como la Iglesia católica, levantaba el soporte de la aguja, lo avanzaba un poco, lo dejaba caer, y el disco se desempantanaba y seguía con ese pasodoble hermoso que me recuerda mi infancia: «No te puedo querer, porque no sientes lo que yo siento. No te puedo querer, apártame de tu pensamiento, de tu pensamiento, de tu pensamiento…» «¡Puta vida, se volvió a atorar el disco, está muy rayado! ¡Cómo hacen de mal hoy las cosas!» Pues así de rayada tengo el alma y por eso siempre me repito, tanto en la intimidad de mí mismo como cuando salgo a la luz en cualquiera de mis libros, sin que por lo tanto se requiera ir más lejos de este. Consideremos estas frases como un prólogo que anuncia un inesperado epílogo. Ciento cincuenta y ocho hijos legítimos he tenido, escritos con tinta-sangre del corazón y la esperanza de que la posteridad me haga justicia algún día (así sea dentro de cien años porque yo desde arriba veo) llamándome (mínimo) «el Simenon de Colombia». Mientras tanto, ¡qué desdichado soy! Afortunada la humanidad que cambia segundo tras segundo en su interior, siempre cambiando, cambiando, cambiando. Yo no. Soy anómalo. Siempre el mismo, el mismo, el mismo, diciéndome siempre lo mismo, lo mismo, lo mismo, hora tras hora, día tras día, noche tras noche y con las mismas idénticas palabras, obsesivas, cocainómanas, heroinómanas, marihuanas… ¡Cuáles viajes de ácido lisérgico por realidades paralelas a la presente en busca de una menos pesadillesca, con estados de conciencia alterados! Todos vivimos con la conciencia alterada. ¿Y por qué entonces habría de cambiar pregunto? ¿Por darles gusto a mis enemigos de la prensa colombiana que me detestan? ¿Cuándo se ha visto, infamadores, hijos de sus madres, que una piedra para seguir siéndolo tenga que cambiar y volverse ontológicamente raíz de naranjo en flor? Uno en mi unicidad, instalado en la estabilidad del que dice yo, de aquí no me mueve nadie. Soy una piedra fija, inamovible, dura. Si el viento quiere soplar, que sople. Y si al soplar se topa contra mí, que se tope.

Si entre las brumas de la realidad incognoscible en que se halla atrapada la humanidad, le da a esta pobre colmena atestada por buscar al autor del Universo que llama Dios, que empiece por saber qué es el Universo para que luego decida si necesita o no un creador. Y ningún físico, ni astrónomo, ni astrofísico, ni cosmólogo lo sabe. Mientras más lejos están viendo con sus telescopios que giran en órbita o fijados en tierra mirando al cielo, más grande y loco y terrorífico se les está haciendo. Para cuando las dos naves Voyager salgan del espacio interestelar en que acaban de entrar y pasen al intergaláctico, a la velocidad a que van habrán transcurrido tantos millones de billones de trillones de años que ya se habrá muerto hasta el Creador. ¡Pobre Ser! Que descanse para lo que sigue, que con la eternidad que arrastra hacia atrás como cola de Isabel Pantoja fue suficiente. Vida eterna se me hace peor que descanso eterno. Como ven, no solo defiendo a los animales y a la materia inerte, que son reales, sino también a Dios, que es irreal. ¡Qué horror la irrealidad permanente! ¡Qué orgulloso me siento de lo que siento! He superado a Juan de la Cruz y a Teresa de Ávila en el amor místico. Soy un santo más del santoral, al que le pueden pues rezar y pedir, que para el caso son iguales pues para pedir se reza. Consigo desde mansiones arboladas hasta novios hermosos.

Por otro lado (para pasar de lo inmenso a lo minúsculo), en el ciclotrón de Suiza, donde el *Homo sapiens* tiene montada la más grande carnicería de átomos de su planeta, lo pequeño le está resultando cada día más pequeño. Átomo etimológicamente significa que no se puede dividir. Pues lo están atomizando, dividiéndolo en las que llaman «partículas elementales». Yo de elementales no les veo nada porque ya me di cuenta de que estas también son divisibles. Físicos: chocando partículas unas con otras así sea a una diezmillonésima de grado Kelvin para que se superdespedacen nunca van a apresar la esencia de la materia. Se les irá por entre los dedos como cuando uno trata de agarrar con la mano un chorro de agua. Ya sé por qué hay ciertos opinadores de los periodicuchos colombianos que me detestan: porque al oírme están oyendo estos malnacidos hijos de sus malas madres la voz del Cosmos.

El Universo abarca desde mis volátiles neutrinos hasta los pesados agujeros negros que se le tragaron el seso a Stephen Hawking por ponerse a torearlos, o desde el espacio-tiempo del marihuano Einstein hasta la luz del Espíritu Santo que ilumina al papa Francisco. Desde el balcón central de la basílica de San Pedro este travesti comecarne bendice de aquí para allá y de allá para acá, y esparce agua bendita con un hisopo sobre los que están abajo meneándolo como quien orina sacudiendo el pene de derecha a izquierda y de izquierda a derecha, a diestra y siniestra. Quítate el disfraz de bueno, Bergoglio, que sos un mentiroso, un parásito, un zángano. Y repartí las riquezas del Vaticano entre los pobres para que paran más, que se están quedando cortos. Hemos de llenar el cosmos, somos cósmicos.

Formados en el curso de la eternidad, los más antiguos agujeros negros tienen más de doce mil millones de años. Son tragaños como María Félix, amiga de David y la mujer más bella del mundo en México. Murió centenaria en virtud de un descubrimiento suyo muy simple: comer únicamente pollo hervido y tragar años luz. Los pobres pollos que le entraban por el guargüero le salían por el antifonario vueltos polvo de estrella. Nadie puede asegurar que una cuerda estirada tiene un principio si por más que le busque no le encuentra tampoco el final. Cuando explote el Universo, el *Homo sapiens* entenderá lo que parecía imposible: de dónde y cómo surgió esto. El *cómo* lo va a entender cuando sepa el *de dónde* en ese último instante fatídico.

La otra mujer más bella del mundo en México era Dolores del Río, también amiga de David y exluminaria del cine mudo en Hollywood. Cuando llegué a México estaba protagonizando, a los ochenta y ocho años, *La dama de las camelias* en el Teatro Hidalgo, con escenografía de David y dirigida por José Solé, quien entre bastidores, y antes de que la gran dama saliera a escena, la montaba en unos patines, corría un poco la cortina y la empujaba para que con el impulso llegara hasta el centro del escenario. El público prorrumpía en una ovación que casi tumbaba el techo. Y luego, cuando con gran esfuerzo de la memoria Dolores decía su primera línea, otra ovación cerrada. México había hecho el milagro que no logró Hollywood: poner a hablar a Dolores. No existe público más agradecido que el mexicano: paga por aplaudir. En cambio Colombia la muerta de hambre produce un público que quiere entrar a los teatros gratis y que al salir critica. Ni siquiera pirateados compran libros. Todo lo quieren gratis. Les encanta lo gratis y vivir de gorra. ¡Claro, como nacieron gratuitamente todos! Salicron sin ningún esfuerzo propio de las oscuridades maternas. Y en ese país de mendigos, tan mendicante como malagradecido, el que pide, si le dan, odia a los que le dan. Y si no le dan, los mata. ¡Qué importa, gente es lo que sobra en este mundo! En este planetoide estrecho y superpoblado el género humano va a terminar asfixiado por la respiración del prójimo. Acuérdense de mí cuando no quede oxígeno para aspirar y mover los procesos bioquímicos. Salvo que la humana especie evolucione a una respiración de dióxido de carbono… En tal caso el espacio se convertiría en el gran problema porque, a diferencia del tiempo, no da de sí, no se estira. Y es que el tiempo o bien se encoge o bien se alarga. A mí por ejemplo los días se me hacen larguísimos y los años cortísimos. ¡Qué va a existir el espaciotiempo de Einstein! Esas son elucubraciones de toxicómano. El espacio es inmóvil y el tiempo movedizo. ¡Cómo un empleadillo marihuano de una oficina de patentes, ladrona como la banca suiza, pretende juntar lo uno con lo otro, la quietud con el movimiento! La humanidad es muy crédula. Durante dos mil años se ha tragado el cuento de Cristo, un loco que decía que era el Hijo de Dios pero nunca mostró su partida de nacimiento en la que se testificara que su papá era el que él decía, ni la posteridad lo ha podido encontrar en el registro civil de los romanos, que eran los que mandaban entonces. Y esta pestecita que ha aislado últimamente a Medellín del resto del mundo porque así se lo dictaron las pelotas al alcalde, van a ver que en cualquier momento la humanidad nos sale con que es una «pandemia». ¡Ay, tan helenistas ellos, tan pandémicos!

En el Superama de la esquina, en el cruce de Ámsterdam con Michoacán, a un paso pues de la casa, Olivia hacía las compras diarias, «el mandado» como le dicen en México, o «el mercado» como le dicen en Colombia. Mujer suertuda se ganó la lotería con ese supermercado porque ahí lo compraba todo: comida, dentífricos, agujas, velas, detergentes, escobas, marihuana, cocaína, mantequilla, licores, lo que necesitaran sus patrones para el día a día sin tener que andar más ni desplazarse como me tocó a mí después del terremoto porque las autoridades lo clausuraron porque amenazaba ruina. Tenía que ir yo entonces por toda la colonia, de aquí para allá, de allá para acá, a conseguir lo uno aquí, lo otro allá, y regresar cargado de paquetes y más paquetes a subir escalones y más escalones, que luego tenía que volver a bajar, cinco veces al día, siete veces al día, diez veces al día, con la concentración mental por las nubes, la presión arterial por el suelo, los tobillos hinchados por acumulación de líquidos y las rodillas desajustadas por el frotamiento continuo de sus partes internas. Nadie ha vivido lo que yo. Da para novela. Lástima que el género esté agotado. Han abusado de él sus cultivadores sin piedad, explotando la buena fe del lector. Tan prestigioso llegó a ser este embeleco espurio, estas engañifas noveleras, que los editores les ponían a sus libracos en las carátulas, debajo del título, «novela». Como si a un muchacho bonito su mamá le tuviera que colgar del cuello, antes de salir el retoñito a andar calle, un cartel que dijera «muchacho bonito». Pues cuando el toxicómano lector leía en la carátula la palabra «novela», inmediatamente sabía que lo iban a llevar del cabestro a un mundo raro, y que ahí le iban a dar su buena dosis de estupefacientes. ¡Y él feliz de la vida! ¿No han leído *La novela de un hijueputa*? Es de mi autoría. Me hizo ganar mucha plata. Pero me negué a ponerle abajo «novela» porque le incorporé al título la palabrucha. Novela llamo yo al «arte de conducir las reses». Y que sea esta la única vez que explico porque no soy muy dado a explicaciones. Me lanzo al abismo y a ver dónde caigo.

El elevador o ascensor no servía ni para elevar ni para deselevar, ni para ascender ni para descender, los condóminos lo mantenían descompuesto. Así que mi viacrucis no fue maíz trillado como el de Cristo que solo tuvo que subir un montículo, el Calvario, y con asistente, el Cirineo, un joven judío muy bello, esterilizado, que le ayudaba a cargar la cruz. Perdón, dije mal, debí haber dicho «circuncidado». Yo ocho pisos solo y en un estado físico y mental de dar lástima, ¡qué terror, me tengo compasión! Nací prácticamente ciego y voy a morir prácticamente sordo. Sin ver ni oír y aislado de la realidad externa, me estoy hundiendo en la interna. Tengo las manos y los pies fríos, gélidos, obra de la hipotensión que me produjo el terremoto. Y mareos continuos. Soy un anciano vulnerable que piensa que se va a caer y mira en torno a ver si hay pared contra la cual pueda apoyarse porque, según ha aprendido en cabeza propia, la ley de la gravedad no respeta viejos. Si no veo pared no me muevo, salvo en el cruce de las calles y las avenidas porque no me queda más remedio. ¡Y qué avenidas, por Dios, sin semáforos, como la Nutibara! Se me vienen enjambres de motos encima a toda verraca a matarme. «¡Quitate, viejo hijueputa!», me gritó uno el otro día a punto de darme. Llevaba una vieja adosada al culo, una prepago tetona (allá «prepago» quiere decir prostituta que se paga con tarjeta de banco). Por lo frío de las extremidades resolví no volverle a dar la mano a nadie, no fueran a pensar que estaban saludando un cadáver recién salido del refrigerador de una morgue. Estoy viejo, ciego, sordo, desmemoriado, exangüe. Presión sistólica, 80. Diastólica, 20. Pronóstico clínico, muerte próxima. Que el Señor se apiade de mí y me ayude a vivir mientras viva Brusca y que después me acoja en su seno. Por lo que a mí respecta, a eso se reduce todo. Más claro no canta un gallo al amanecer.

Pero tan sordo no estoy pues hoy amanecí oyendo el llamado de los muertos y se me quebró un diente. ¿Que qué esperaba, me decían estos cadavéricos?, ¿que por qué seguía aquí? «¿No veis, malnacidos, que tengo a Brusca? —les contesté—. ¿La dejo huérfana, o qué?» Salí al primer patio (porque tengo dos) a ver si ya había escampado en Casablanca después de cuatro días de lluvia enverracada, y sí, pero en uno de los redondeles de las enredaderas las ratas habían abierto la salida de un túnel que habían ido excavando bajo tierra, por debajo de la casa, día y noche, silenciosas, una obra de ingeniería fenomenal que definitivamente prueba la grandeza del Creador. ¡Qué Ser tan Bueno Dios! ¡Qué inteligencia la que les dio a estos animalitos el Ser de la Bondad Manifiesta! Excavando durante meses en brigadas que se iban turnando para que las unas descansaran mientras trabajaban las otras, habían construido un túnel digno de una fuga de la prisión de Alcatraz.

Papas, frijoles, aguacates, chiles, tortillas, arroz basmati, caminando cuadras y cuadras los iba comprando en distintos tenduchos porque en uno solo no los vendían. Regresaba al edificio cargado de paquetes y empezaba a subir la cuesta de la escalera, con paradas en los pisos intermedios para tomar aliento. Primero bajaba los ocho pisos para ir a comprar, y luego, cargado de paquetes, los subía de escalón en escalón apoyándome en las paredes. Cuadro clínico actual: hipotensión, alzhéimer, hipoacusia, visión borrosa, tobillos dañados, rodillas dañadas, hundimiento en mí mismo, terremoto, condóminos, sin ascensor, piso siete más el de la cochera, veinte subidas con sus bajadas diarias para un equivalente a un rascacielos de ciento cuarenta pisos, que no sé si exista. Como el condómino Pérez resolvió eliminar el interfón para joder a los seis pisos de arriba, cuando sonaba el timbre en lo que siguió tras el terremoto yo tenía que bajar a la calle a recibir las cuentas del edificio o nos cortaban la electricidad común, y sin ella no había agua, pues si bien entraba de la calle a la cochera porque el vital líquido es sagrado en México y no lo pueden cortar por artículo expreso de la Constitución, sin electricidad no funcionaba la bomba para subirla de la cisterna a los tinacos de la azotea, de suerte que era como si no existiera en México la Constitución.

Y a sacar a Brusca por la mañana y al atardecer, lloviera que tronara, a leer el libro de la calle. A las tienditas del barrio no la podía llevar de compras conmigo a abastecernos de suerte que ella pudiera leer en el camino donde se le antojara el libro de la calle evitándome así dos bajadas y dos subidas de la escalera por la siguiente razón, prueba adicional de la maldad humana. Porque los empleados de las tienditas, los lacayos del dueño, me prohibían la entrada dizque porque dizque la perrita dizque «soltaba pelos». ¡Empleaduchos miserables, ganapanes, culisucios, ¡qué disparate están diciendo! Es como llamar «pelos» a los de Dolores del Río. ¡Son cabellos! La cabellera pródiga de mi reinita.

—A que no sabes, David, de cuántos años murió tu amiga Dolores del Río —le preguntaba.

—No llegó a los setenta —contestaba.

—No, David, le quitaste treinta y tres. A los que no llegó fue a los ciento cuatro. Murió de ciento tres años bien cumplidos —le informaba.

David era tan bueno que les quitaba los años a los vivos y a los muertos. Los vivos según él no cumplían años, y los muertos cumplían de para atrás, hacia la infancia. Eso se llama bondad. En cuanto a mí, por la siguiente conversación, sostenida con colombianos, se darán una idea de cómo soy:

—¡Cómo pudo usted haber sido amigo de Sartre! —me objetaban—. No tiene edad para eso.

Y les contestaba:

—Me están interpretando mal. Jamás he dicho que fui su amigo. Lo que dije es que lo vi una vez en el Tre Scalini, en la Plaza Navona, en Roma, de lejos, tomando café con su mujer Simone de Beauvoir, y que los dos, con todo y lo chaparritos que eran, se sentían la tapa del congolo.

—No sabemos qué sea «congolo», pero según lo que cuenta usted, por lo menos vivió en Roma de niño. Entonces tal vez usted sí pudo haber visto a Sartre de lejos. Pero de niño.

90

—¿De niño quién? ¿Sartre, o yo?

—Pues usted de niño.

—Ah, creí que me estaban dando a entender que yo estaba por debajo del miope Sartre. Él dijo: «El infierno son los demás». Yo digo: «El mundo está lleno de hijueputas y adonde vayas la humanidad te atropellará». Los animales son inocentes. Si entrando volando a mi casa un pájaro pasa a mi cuarto y sobre la colcha blanca y limpia de mi cama me deja un recuerdito para que sepa que me vino a visitar, ¿qué tragedia hay? Lavo la colcha con Fab, el primer detergente en polvo que hubo en Colombia, y san se acabó. Yo soy de los tiempos del Fab: remoje, exprima y tienda.

Los padres producen hijos que les producen nietos y los nietos bisnietos y los bisnietos tataranietos y así en una sucesión inacabable como mi paciencia. Me están encogiendo el espacio vital. A un desechable le dio por dormir a la entrada de mi casa y en la noche, para yo poder entrar, tengo que pasar por sobre él. ¿Por sobre su cadáver? Mañana veré con la luz del sol. En Medellín dejan morir al humano sin administrarle los santos óleos.

El desastre ecológico y moral que ha producido el hombre con su proliferación no tiene reversa. Más fácil rearmar un huevo quebrado. O un vaso como los que nos tiraba mi mamá cuando se le subía el calor a la cabeza y le encendía la iracundia. Le sacábamos el cuerpo al vaso e iba a estrellarse contra una pared. Luego la loca, con remordimiento, trataba de rearmar el vaso pegando los añicos para borrar de su conciencia el intento de filicidio. Imposible. No hay madre por más madre que sea que pueda violar la Segunda Ley de la Termodinámica, que dice: «El caos aumenta el caos, e hijo que sale a la luz del mundo hijo que no puede volver a las oscuridades del claustro materno». Otras oscuridades le esperan en el correr de la vida y en el rodar del planeta, como las de una tumba en tierra o las de un avión en el fondo del mar tras haber caído diciendo ¡plas! Pero eso ya es otra cosa.

Catecismo de preguntas y respuestas para mentes pensantes y sintientes. ¿El mar? Me lo volvieron de plástico. ¿La atmósfera? Me la volvieron de smog. ¿Los ríos? Me los volvieron de *merde*. ¿Los polos? Derretidos. ¿Los osos? Extinguidos. ¿Los pingüinos? Solo conozco los de *La isla de los pingüinos* de Anatole France, escritor decimonónico. El ser humano es irrefrenable, irreductible, incontrolable. Y feo. Tanto por fuera como por dentro. La nariz que lo precede, fea; los pies con que camina, feos; el nudo ciego del ombligo, feo; las orejas, que en el curso de la vejez por culpa de la evolución crecen al doble, feas; el pene que le cuelga, feo; y el culo inmundo. Las vísceras o menudencias o como se llamen las porquerías que alberga adentro y con las que carga adonde vaya, ¡qué repugnancia inimaginable! Si la guerra nuclear (que están aplazando más de la cuenta los gobernantes) no acaba con esta basura de la Evolución que es el hombre en sus dos versiones de pene y vagina, me tocará extirparla con mi plan antigenético, que significa opuesto al *Génesis*.

Y malditas sean las madres, que como matrioskas rusas van saliendo unas de otras de otras de otras. No bien acaben de repletar el planetoide Tierra, ¿piensan llenar de vástagos o cogollos el Sistema Solar? ¿Y luego la Vía Láctea? ¿Y luego el Universo entero si hay uno solo, o los que resultaren, cada uno con su Creador? Sacar a la materia inerte de su inocencia para convertirla en los siniestros seres humanos en que se encarna el Mal se me hace monstruoso. Ya en mis *Memorias de un viejo feliz* propuse un fusiladero para acabar con la plaga. Ahora en mi *Antigénesis*, que significa que va contra el *Génesis*, propongo el genocidio universal y señalo la vía para realizarlo.

—¡Viejo estúpido! —le increpo a uno de sandalias que se me cruza por la calle—. ¿No te da vergüenza andar medio descalzo? Mirá cómo se te ven esos dedos gordos que tenés en esos pies planos horribles. Parecen cabezas de tortugas asustadas asomándose al mundo. Meté en zapatos tus puercas patas.

Y sigo mi camino con Brusca sin prestar oídos a los hijueputazos que me escupe el palmípedo. Y antes de que se me olvide. Por Junín, calle peatonal del centro de Medellín que en su día refulgió de hermosos jóvenes pero a la que hoy confluye la chusma de la barriada, se ven mujeres de barrigas protuberantes (pero no preñadas), que las exhiben como si se tratara de grandes senos o de penes grandes. Como una nueva forma de la atracción sexual. Cuando preñen a estas barrigonas las van a dejar con dos barrigas haciendo un ocho. ¡Cuál soliloquio de Hamlet! ¡Cuál *To be or not to be*! ¡Qué maricadas! Somos porque somos, queramos o no queramos, hijos de la misma sinrazón lúbrica que nos engendró y parió. Y esta tumba rodante bajo el firmamento, el desventurado planeta que llamamos Tierra… Nos están dejando sin salida al cielo porque la atascaron de chatarra espacial. Ya sé que el espacio no existe, pero sí el tiempo, de suerte que lo que llamamos «espacio» no es más que el espacio de tiempo que se toma este en reflexionar sobre sí mismo. Tengan presente que la luz solo existe cuando viaja, quieta no. En su turbulenta adolescencia el payasito Einstein se montó en un rayo de luz tratando de medir su velocidad, y no avanzó un palmo. Lo cual se explica por dicho: que el espacio es inexistente, y por lo tanto tampoco puede existir la velocidad que lo incluye. Ese es un engañoso concepto de los físicos. Y así, sin espacio, la velocidad queda valiendo lo que el nombre de Dios en boca de los pordioseros colombianos. Cuando años después nuestro genio del engaño trabajaba en la Oficina de Patentes de Berna (robando inventos ajenos), se tiró por el cubo vacío de un ascensor para sentir el estado de ingravidez, y al dar contra el suelo los pies se le encendió el foco y concibió la Teoría de la Relatividad Especial, madre de la General, que constituye la más grande estafa de la humanidad después, claro, de la de Cristo, que no tiene parangón.

Anoche soñé con David: que venían unos pordioseros hacia nosotros desde unos edificios en ruinas por el terremoto y bajo un cielo rojo de incendio, y que yo le decía: «Vámonos rápido que vienen unos desechables a pedir». Y él me contestaba: «No Fer, no son desechables. ¿No ves la ropa de marca que traen? Mírales los tenis Adidas». Me desperté sudando gotas saladas y con el corazón dando tumbos. Algo profundo había en mi sueño pues en la realidad yo no había regresado con David a Colombia desde México sino con Brusca pues David ya había muerto. Nunca estuvimos los tres juntos en Colombia. Soñaba con que estuviéramos, pero en un sueño despierto.

Abrumado por el dolor del mundo que me derrumba me entero por la prensa nacional de que en Cali (tercera ciudad del paisucho después de Medellín que es la segunda) está muy enfermo el león Júpiter, la estrella del zoológico que tienen allá (pero en el que no exhiben caleños, no sé por qué). *Selfies* de visitantes dándose besos con el león ilustran los artículos. Y pierdo lo poco que me quedaba de la paz del alma. A Júpiter no lo conozco en persona, pero quiero que se salve. Lo amo.

—¡Ah, sí! —me dicen entonces los locos de las paredes—. ¿Y las vacas que se come su leoncito no le duelen en el alma?

—Los leones son animales inocentes que hizo Dios en su Maldad Infinita —les respondo.

—Eso sí —me responden—. Tiene razón cuando dijo «en su Maldad Infinita». Exacto. Los hizo en lo que dice. ¡Pero para que se comieran a los herbívoros! Para eso los hizo Dios.

Y sueltan la carcajada. No sé qué contestarles. Me dejan callado pensando y pensando, mientras se siguen burlando de mí.

¿Qué hago entonces con los leones y las fieras? Dormirlos piadosamente sin que sufran, con una inyección de pentobarbital después de haberles echado en el agua un sedante para que no se den cuenta de nada y que no sigan matando a los pobres herbívoros ni sufran más ni me hagan sufrir a mí. Pero no hay diálogo posible con paredes. No entienden. ¡Los leones también son mi prójimo, estúpidas! La máxima plaga de la humanidad es ella misma. Y así queda formulada la máxima de las máximas.

¿Se oscureció Laureles? ¿Una nube tapó el sol? ¿O se nos habrá venido encima el invierno nuclear de la guerra entre China, Rusia y Corea del Norte de este lado y los Estados Unidos del otro? El hombre ha abusado de sus hermanos animales desde que bajó del árbol y se paró en dos patas y hasta el día de hoy en que por fin parece que se le llegó su final. Desafortunadamente en estos momentos de pestífera desgracia general, que se me suma a la personal, no cuento con laboratorio propio para producir el superinfusorio que lo acabe de liquidar. ¡Cuánto no quisiera yo desatarles la peste de verdad que se merecen Colombia y el planeta! Pero el que no come se fantasmagoriza, ¡y cuánto llevo sin comer! Algo lograron los políticos tras dos siglos de separarnos de España: fantasmagorizarme justo a mí, la conciencia del país y del planeta, matándome de hambre con el pretexto de que me estaban salvando de una particulita infecciosa. Nunca la clase política colombiana fue tan inmoral, tan vil, tan desvergonzada como hoy. Van días sin que salga el sol. El piso húmedo, el firmamento brumoso, las plantas sin carbón para la fotosíntesis. No se ve a un palmo. Los días no se distinguen de las noches. Los desechables siguen entrando a las casas atravesando las paredes, pero no son fantasmas, son okupas, ocupadores de lo ajeno, atropelladores natos como los cincuenta y un millones de colombianos menos unos cuantos que cuento en los dedos de las manos y entre los que me cuento yo, el impoluto. La peste no produjo los desechables, los alborotó. Siempre han estado ahí, como un avispero a la espera de que venga a torearlo un malnacido presidente que gobierna sin consenso y por decreto.

Cuán diferente era todo cuando nací y crecí y me fui a Nueva York y luego a México donde viví con David cuarenta y siete años exactos pues el día en que llegué lo conocí y el día en que murió me fui. Metí mi escasa ropa en una maleta y a Brusca en una jaula para tomar juntos el avión que nos llevó a la entenebrecida Colombia, hija de España y sus oscuridades. David y yo fuimos felices, cosa que pocos pueden afirmar en este mundo. Dios repartió muy mal los bienes, no les dio felicidad a todos. Y advierto ahora, pensando mejor las cosas, la diferencia esencial que existe entre ese ayer mío, que se me va alejando de día en día, y el hoy en que les hablo. Entonces yo no estaba contando mi vida, la estaba viviendo. Hoy la vuelvo unas míseras frases de unas míseras páginas de un mísero libro que se arrastra como un mendigo con llaga mendigando la benevolencia del lector. ¡Claro, como nací en país de mendigos! Allá todos mendigamos, empezando por los que aspiran a la presidencia y que mendigan votos. Y no bien la logran se entregan al saqueo de la Hacienda Pública y al atraco al que puedan a través de la DIAN, y a decretar pestes para hacernos creer que gobiernan. Al bellaco de hoy le dio también por invocar a la

Santísima Virgen y al Espíritu Santo, al estilo tan redituable del que lo puso.

En Santa Anita, la finca de mi niñez, vivían tres: mi abuelo, mi abuela y mi tía abuela Elenita, más perros, gatos, gallinas, gallos, marranos, caballos, yegüitas, vaquitas. A todos se los llevó Cronos en su turbión. ¡Qué ente más dañino, no deja piedra sobre piedra, ladrillo sobre ladrillo! Recuerdos sí, muy dolorosos. Le he pedido al doctor Alzheimer que me los borre.

—Alois —le digo—, no me dejes un solo recuerdo, que lo que sobra estorba. Bórramelos.

—Con el mayor placer —me contesta sonriendo, con esa sonrisita suya picarona que pone a temblar a tantos—. Te voy a dejar el disco duro cual tábula rasa.

Muy escolástico él, muy latinizado, por eso nos entendemos.

Un colibrí, el pájaro helicóptero, revolotea sobre las azaleas que riega a diario Elenita en los corredores de Santa Anita. Tal su función esencial en la vida más pedirle a Dios y a la Virgen que se la lleven. La pobre vieja se quedó soltera porque mi bisabuela, una mujer muy católica, o sea muy mala, no la dejó casarse con Roberto, el amor de su vida, por bebedor. Cierro los ojos y veo a Elenita tratando de doblar unas sábanas recién secadas por el sol en los tendederos de un patio interior.

—Niños, ayúdenme a doblar estas sábanas que sola no puedo.

—Bueno, Elenita.

—Cojan de esas puntas.

—¿Qué son «puntas», Elenita?

—No se hagan, que sí saben.

¡Claro que sabíamos! ¡Cómo no íbamos a saber qué eran «puntas», si éramos unos niños muy inteligentes! Lo que pasaba es que éramos unos hijueputicas. ¿Sí ven para qué sirven los médicos? Para un carajo. El alzhéimer no existe, no creo en eso, vivo para recordar, recuerdo para escribir, y escribo para joder y blasfemar. Y si me mata un cura, que me mate que ya estoy muerto.

Ahora van los equipajes por las bandas rodantes del aeropuerto Benito Juárez de la Ciudad de México y están por aparecer, saliendo de la embocadura, las de Avianca provenientes de Colombia. Por la cortinita de tiras de plástico que tapa el botafuegos me asomo a ver qué pasa atrás, entre bastidores, donde los agentes antidrogas, que son parte esencialísima de la engrasada maquinaria del narcotráfico internacional, supervisan con el auxilio de los perros huelecoca lo que llega del país que a mucho honor desde hace cincuenta años es la capital mundial del polvo blanco.

—David, ¿vos por casualidad traés cocaína en la maleta?

—Shhhhh —dice—, no preguntes tonterías.

—¿Qué horas son?

Mira su reloj, que nunca le falta pues no se lo quita ni para dormir, y me contesta:

—La una y media.

—¡Eh ave María, por Dios, la una y media de la madrugada! ¡Qué compañía tan mala Avianca y qué viaje tan accidentado el que nos tocó! Dos horas encerrados en un avión esperando poder despegar por la única pista del aeropuerto tercermundista El Dorado, haciendo cola como amas de casa con sus carritos repletos en un supermercado. ¿Y viste lo que nos dieron de cena? Un pan frío, viejo y seco, con un paquetico de mantequilla congelada marca «Alpina». Déjame echar otra miradita a ver qué pasa entre bastidores.

He aquí lo que pasaba entre bastidores: que los perros huelecoca, en una inspección profesionalísima, iban oliendo, maleta por maleta, la fila de maletas que les ponían los agentes para su *nihil obstat* sobre la banda rodante detenida hasta nueva orden. En alguna se quedaban un momento y se preguntaban: «¿Vendrá en esta lo que buscamos?» Si sí, entonces en ella se quedaban instalados haciendo mala cara, y los agentes antidrogas la retiraban de la banda. Si los perros decidían que no, seguían con la siguiente. Cuando se detuvieron en las dos nuestras (que tenían en las agarraderas moños rojos para que no se confundieran con las de otros pasajeros), telepáticamente les envié este mensaje por WhatsApp: «Amorcitos, ya saben que los queremos». Y nos pasaron por alto y siguieron.

¡Y ran! Que echan a rodar la banda y van saliendo las maletas y finalmente, por fin, fueron saliendo las nuestras, como unos mellizos del vientre de su madre. ¡Qué descanso! Me precipité sobre la de David, la agarré y la bajé rápido de la banda, no se siguiera y algún pasajero la tomara y se nos llevara el café colombiano que traíamos en ella.

—Recíbeme la tuya, David, que voy por la mía. No te muevas de ahí, no te me vayas a perder.

Y me precipité sobre la mía. «¡Uf, qué odisea!» me dije respirando con alivio. ¿Odisea? Todavía faltaba la llegada de Ulises a Ítaca, para encontrarse con su mujer violada a diario por los pretendientes mientras la gran pendeja hacía en croché una inacabable colcha para cobijarse con su marido cuando él volviera y en invierno hiciera frío en Grecia.

Pasamos sanos y salvos «migración» como le dicen, salimos del aeropuerto, tomamos un taxi, llegamos a Ámsterdam 122, abrimos la puerta del edificio y al llegar al elevador, preciso, descompuesto. No habían pagado la administración ni el mantenimiento. «¡Hijueputas condóminos! ¡Cuándo se caerá esto!»

—Sube tú adelante, David, por la escalera, por si de pronto te caes sobre mí, que yo voy subiendo detrás de ti con las maletas.

Olivia, al sentirnos, nos abrió la puerta del departamento y Brusca saltó a saludarnos con una dicha que casi nos mata. Me tiró contra la pared. Luego se dio a correr por la sala y los pasillos propulsada por la felicidad. Menos mal que era un departamento grande para que pudiera correr la pobrecita, porque les diré que una felicidad muy grande puede matar al que la siente.

—¿Cómo les fue, Olivia, en nuestra ausencia? —le pregunté—. ¿Se portó bien Brusquita?

—Mire, don Fer, ayer tembló y el temblor tumbó varios cuadros. Ya los volví a colgar.

—¿Fue muy fuerte?

—Mucho. Estoy muy asustada. No quiero volver por aquí. Me da miedo este edificio.

—Si ya tembló, Olivia, no se preocupe, que por un tiempecito no volverá a temblar. Va a ver, se lo prometo. La Tierra ya botó corriente.

Estamos hablando de un martes naciente. Serían las cuatro de la madrugada cuando llegamos del aeropuerto a la casa, y sin desempacar el equipaje nos fuimos a dormir, demolidos, empendejados, muertos. Brusquita se acostó como siempre, un ratito conmigo y otro con David. A la 1 y 14 minutos de la tarde de ese martes siniestro nos sacó a bailar el terremoto. Por lo visto la Tierra todavía no había acabado de botar corriente. Así que no crean en promesas de nadie, que la conducta sísmica de nuestro planeta es tan impredecible como el genio de una mujer malcogida. O el de las nubes. En el parque La Matea, que está a quince cuadras de Casablanca y al que antes de la peste de los enmascarados solía ir con Brusca a meditar, estábamos mi niña y yo en una de las bancas y mis distraídos ojos se me iban yendo por las copas de los laureles y los mangos hacia un cielo de un azul puro como nunca había visto, y por el que navega-

100

ban unas nubecitas blancas, tenues, hermosas. Una de esas nubecitas ahiladas apuntaba hacia el parque avanzando lentamente por el silencio celeste. Bajé mi mirada de lo alto para sumirme de nuevo en mis meditaciones físico-teológicas cuando he aquí que inesperadamente, traidoramente, arteramente, la nubecita bellaca se instaló sobre nosotros y se nos orinó encima a Brusca y a mí soltándonos unos goterones enormes, apremiantes, como si el cielo se estuviera reventando por cistitis o prostatitis, unas verdaderas pedradas. Corrimos Brusca y yo a guarecernos bajo el cobertizo de un taller de reparación de carros situado en la primera calle saliendo del parque. Al cruzar mi niña y yo la calle un cafre que venía volando como en avión, pero en moto, casi nos mata. Por poco no nos lleva de corbata.

El taller era mágico, es lo único que les digo. Como de otros tiempos, como surgido de mi niñez. Pero no lo voy a describir porque la acción me está arrastrando. Tan solo les diré que después de tantas décadas sus engrasadas paredes todavía tenían como decoración unos cromos de viejas en pelota que a los niños de mis tiempos parecían decirnos, hablándonos: «Esto, niños, es lo que se llama sexo, tienen que probar de eso». Y a un lado de la imagen inocentona (pues ¿qué le ve la gente de malo a unas glándulas mamarias apuntando hacia uno?) pedaleaba en una foto recortada de *El Colombiano* (un pasquín) el pentacampeón ciclista de Colombia, Ramón Hoyos, y debajo un anuncio de la Urosalina, un remedio de entonces que ya ni sé para qué servía, creo que para la próstata o la vejiga. Lo probaré, si es que todavía se consigue en las farmacias. Todo se me olvida, soy un desastre, tengo alzhéimer. Pero mi miedo no es olvidar, mi miedo es dejar huérfana a Brusca.

Al minuto de habernos refugiado en el taller escampó, o sea dejó de llover. Y no lo aclaro para los colombianos, que me entienden siempre, sino para los limeños, que jamás han visto en sus vidas llover. Y donde nunca llueve nunca escampa… Para uno dejar de ser, primero uno tiene que ser. Ley ontológica fundamental que no sé si algún filósofo haya formulado ya o si la estoy descubriendo.

Tomamos el camino de regreso a Casablanca emparamados con el temor de que se volviera a soltar la lluvia. Entonces me di cuenta de que las calles, las aceras, los antejardines, los árboles, todo estaba seco. Solo había llovido sobre nosotros. La nubecita bellaca solo se orinó en mí y en mi pobre Brusca por andar conmigo. De suerte pues que no solo Dios y su Hijo Cristo son mis enemigos personales; también la Lluvia y sus lacayas las Nubes. Años ha, estando en la azotea de Ámsterdam 122 en noche de plenilunio y de Halloween contemplando embelesado la que llaman «luna azul» (pero yo la veía roja), vino una nube barrigona, la envolvió y la borró del cielo. Así pasa. Lo que ahora brilla en cualquier momento se apaga. Y lo que dicen que es azul resulta ser rojo. Y cuando me morí la miserable Colombia me olvidó en lo que da una vuelta el reloj. No duré un mísero día en su malagradecida memoria. Así me pagó ese olvidadizo país después de haber acabado con sus curas y mataderos, de haberle dado la moral, de haberle tumbado las estatuas, de haberle señalado el camino del bien y mostrado la verdad profunda de las cosas.

Un mosquito (en francés *moustique*, que me suena a *musicien*, que quiere decir músico) me ha estado jodiendo durante mi única comida del día porque desde hace años me volví faquir. Y jode y jode y jode ese espíritu alado posándose en el borde de mi taza y contaminándome con sus patas de la peste que ruge afuera mi caldo Maggi vegetariano. Y pierdo la compostura y maldigo de Dios y Cristo, este par de engendros de una moral podrida que no existen ni han existido pero que por lo menos a mí me sirven para designar el Mal. Y maldigo de la madre de veinte hijos que me parió encartándome con el horror de la monstruosa vida y de la monstruosa muerte. «Encartar» es uno de esos colombianismos que a veces se me salen cuando más soy yo mismo. Veintitrés países babelianos hablando este idioma que han despedazado y vuelto una colcha de retazos. Que por lo menos quede mi espíritu por sobre la transitoriedad de la letra. ¡Y maldita seas, en fin, Colombia, patria de la miseria paridora! No tienes perdón del cielo ni posible redención. Cuando venía la del Crucificado en canoa de remos subiendo por el río Magdalena traída por unos frailes patipuercos, se infectaron estos peninsulares de fiebre amarilla y los remató la malaria. ¡Y maldita seas, para acabar, Evolución chambona! ¿Por qué no hiciste, en tu redundancia de Microsoft, al hombre como los anélidos que se reproducen por escisión partiéndose en varios como el oligoqueto *Lumbriculus*, que no necesita hembra adjunta? Tras una juventud entregada a la lujuria San Agustín se convirtió al cristianismo y jamás volvió a comulgar carnalmente con nadie. Lo apruebo. La cópula junta dos bípedos en un monstruo tetrápodo pasajero. Minutos después el conjunto grotesco se desarma y sus integrantes vuelven a su condición primigenia de individuos bípedos, independientes y separados.

He tomado de bajada la cuesta de la Muerte y tengo tumba en el cementerio de San Pedro: un mausoleo que me mandó a hacer un capodroga de Medellín que me admira y quiere que la posteridad me vea esculpido en mármol blanco con Brusquita a mi lado. De vez en cuando la llevo a que nos veamos en estatua y a que corretee por los senderos de Misiá Hijueputa, la que habla poco y mata mucho. Es feliz. Tiene tal carga de energía acumulada que necesita descargar la batería. Al vigilante le doy cada que voy su propina para que me deje entrar con ella y que mi niña haga, obre, actúe sobre la tumba del que quiera, del más ilustre.

Si a alguno de Bosnia Herzegovina, donde no conocen la violencia, le da por venir a Medellín, le recomiendo que se quede en la seguridad de su hotel sin salir a la calle, por ejemplo viendo en el televisor videos pornográficos, por tres razones:

Una, cruzar calles en un país de cafres equivale a peligro de muerte. El colombiano que se monta al volante de un vehículo tira con él a matar. Para el colombiano un peatón vale lo que un conejo, que para mí vale mucho pero para él nada. Allá son cristianos.

Dos, la cocaína colombiana, que tan prestigiosa fuera y tan buena y que puso a Medellín en el mapamundi, la están produciendo con químicos sustitutos porque el gobierno, que daña lo que toca, resolvió cortarles a los carteles de la droga el chorro de los oxidantes y solventes que se usaban antes. El terrible resultado de la intervención estatal es que lo que hoy se consigue en el mercado envenena, tras producirle al usuario unos dolores de cabeza terroríficos que lo marean. Y lo sé de buena fuente, no porque la use. El que sí la usaba era Freud. Y también Einstein, un adicto a los psicotrópicos. Sin la marihuana la ciencia actual no puede explicar hoy cómo un simple ser humano pudo concebir algo tan grande como la Teoría de la Relatividad General, con la que el visionario vislumbró los agujeros negros y las ondas gravitatorias. Todo lo que en adelante se encuentre en la Tierra o por fuera está ahí. ¿La profunda unidad de la Santísima Trinidad? Ahí está englobada, se explica perfectamente.

Y tres, las putas. De temer. Dan escopolamina. Desconectan al usuario de la realidad y lo dejan vuelto un ente.

Van las motos por la Avenida Nutibara como saetas envenenadas zumbando al pasar. Shhhhhh, dicen, callándolo a uno. Aceleran y resoplan, van y vienen en el doble flujo de la Muerte pues es una arteria doble que no tiene forma de cruzarse: o lo matan a uno los que van, o lo matan a uno los que vienen. No hay semáforos. Quintero no los pone porque el bien que nos piensa hacer no va a ser desde la alcaldía de Medellín sino desde la presidencia de la República de Colombia. Y ahí vienen los cafres en sus motos horqueteados en la velocidad y el ruido, echando humo por el tubo de escape sin silenciador y con una puta adosada al trasero, muy, pero muy pegada. ¿Y si se les atraviesa un peatón inocente que necesita cruzar cómo frenan? No pueden. Se irían de bruces contra el asfalto con moto, puta y todo. Y no. Primero es uno y después los otros. ¿No dizque lo que rige aquí pues es la supervivencia del más apto de Darwin? Aquí hay sabios de sobra para que me corrijan si yerro (aplausos no quiero). A veces los motorizados arrastran al peatón por el pavimento media cuadra y lo dejan tetrapléjico, pero a veces simplemente lo matan, que es lo mejor. Gente aquí es lo que sobra. Somos muchos. A veces uno hace el bien haciendo el mal o se ríe llorando.

A un paso de la Avenida Nutibara queda mi casa. Desde ahí, desde lo que soñé que fuera el paraíso y que me resultó el infierno del ruido, oigo el flujo incesante de los vehículos pidiendo silencio: «Shhhhhh». Por el efecto Doppler que domino pues trabajé en el CERN, sé cuáles se están yendo y cuáles viniendo. Vivo inmerso en la cultura de la Muerte y a merced del atropello: el del gobierno con su burocracia y sus impuestos, y el de mi prójimo con sus vehículos y sus karaokes. No tengo escapatoria. Los atropellos al ser humano empiezan con el de la madre que lo deposita a uno aquí, y acaban con el de la Muerte que se lo lleva para allá.

Vivo hundido en mi mundo interior, tratando de descubrir en mí mismo quién soy, qué hago aquí, por qué hablo así, por qué escribo así, por qué me comporto así, qué me mueve así, qué busco aquí. No busco, no me mueve nada, no busco nada, no quiero nada, no soy nada, me echaron a rodar y sigo en línea recta hacia la Nada Eterna por inercia. Llamo nada a la Muerte. O mejor dicho no la llamo, ella se abastece sola. Tan, tan, tan… Están tocando a la puerta.

—¿Quién es? —pregunto.

—Soy yo —contestan.

—¿Quién es yo? —pregunto.

—La Muerte —contestan.

—¿Cuál Muerte? —pregunto.

—La suya, que es la que cuenta —contestan.

Miro por la rendija y es un mendigo.

—Vaya a mendigarle a su madre —lo exhorto.

No necesito decirles qué me contesta el mendigo: con la hache y la pe ya saben.

Por fuera de Laureles no se ve, y si algo se ve se ve negro. Tal vez no quede nada afuera del barrio y esté escribiendo para una posteridad inexistente. La peste bien pudo haber acabado con todo. No importa. Era el precio a pagar para que se terminara la que se denominó a sí misma «civilización judeocristiana». ¿«Civilización esa mierda»? La madre de todas las barbaries. Si los leguleyos, los curas, los políticos, los médicos y Cristo desaparecen, bendita sea la plaga que nos cayó. ¡Cuánto mal no le ha hecho al mundo el nazareno loco que se hizo crucificar por obtuso! ¡Malditos sean los judíos que lo engendraron y parieron y colgaron pero no les quedó lo suficientemente bien crucificado! Lo enterraron vivo y se les salió de la tumba para seguir mintiendo con sus parábolas de pitonisa de Delfos y su cuentecito de que era el único Hijo de Dios. De haber tenido Dios un hijo, podría haber sido yo. Le habría salido, claro, oveja negra. Les recomiendo el libro de un paisano mío de Antioquia sobre la Gran Ramera. En él encontrarán respuestas a sus dudas. Calumnian al autor acusándolo de pederastia, pero yo que lo conozco íntimamente y que he dormido con él en la misma cama sé que es un santo.

¡Con que el Hijo de Dios! A ver. ¿Dice el Génesis, libro sabio pese a ser apócrifo y espurio, que Yahvé tuvo un hijo? No lo dice. ¿Entonces por qué, cinco siglos después (calculándole mucho) de que lo escribieran en Babilonia, viene un loco barbudo de 33 años a dárselas de que es su Hijo Único y a repartir el Reino de los Cielos como si fuera obra del sudor de su frente? No lo puedo entender. Me doy de cabezazos contra la pared y no me cabe, no me entra en la mansarda. Y así me moriré, en la impenitencia final. No me manden cura que de nada me arrepiento porque no tengo de qué. No conozco el pecado. No he probado de él. No sé qué es ni a qué sabe.

¿Más argumentos querrá la Conferencia Episcopal de Colombia con sus 14 arquidiócesis metropolitanas, 53 diócesis sufragáneas, 10 vicariatos apostólicos y un ordinariato militar? Aquí les va otro por si les quedaron dudas. ¿Si en su desquiciada locura el que se hizo colgar del par de palos que su Iglesia ha repartido por todo el orbe, hasta en Japón, dice que es el Único Hijo de Dios, entonces por qué el padrenuestro dice «padre nuestro»? «Nuestro», hasta donde yo conozco este idioma, la lengua de Castilla que mamé en las tetas de mi madre, se refiere a varios, no a uno solo. Por lo tanto Dios también es mío y no me lo quita ni el Putas.

Un cuchillerito de barrio de unos diecisiete años (que no sé por qué Quintero le permite la entrada a Laureles) me ve pasar con Brusca, humilde y cabizbajo como ando para que no me lluevan mendigos, y me pide plata. «Colabóreme» me dice altivamente, con esa forma mandona de pedir que tienen estos desgraciados para tener después con qué comprar basuco, tenis de marca y teléfonos portátiles de última generación. Ni levanto la cabeza y sigo con mi niña mi camino sin oír, como si fuera pared. Entonces el asesino en escolástica potencia me grita a mis espaldas mientras me alejo: «Que Dios lo bendiga y le aumente sus bienes». ¿Sería ironía? ¿O la hijueputez contagiada del plagiario país del *copy and paste*? No sé. Lo que sí sé es lo que pensé: «¿Y por qué no te los aumentará a vos, hijueputa?» Mienten, roban, prometen, incumplen, engañan, traicionan, pintarrajean las fachadas y han vuelto a este idioma de los dioses mierda. ¿Pero es que se le puede aumentar algo al que no tiene nada? Para construir el edificio del aumento se requiere una mínima base. Y les falta. No tienen nada. O sí: sus míseras vidas para quitársela a uno, al ciudadano honorable y decente, al paganini en que se ha cebado la DIAN, Dirección Impúdica de Atracadores Natos de Colombia.

Hundido en este pantano de país, agobiado a Norte y Sur, a Oriente y Occidente por su mendicidad parturienta, ubicua como el Creador, maldigo de las madres. Aquí va una por la calle con dos hijos afuera, de la mano, y otro adentro pataleándole en las tripas pero que en cualquier momento sale a la superficie a robar y a matar pues para eso lo están produciendo.

Me volví a encontrar con el viejo que me arrió la madre, el de las alpargatas. Lo miré, me concentré y lo fulminé: lo hice sentar en el murito de un antejardín con un infarto agudo al miocardio. Tengo poderes extranormales de los que no me envanezco porque nací con ellos y no son fruto de mi esfuerzo. Y seguí mi camino con Brusca sin volver la vista atrás para no convertirme en estatua de sal y que luego me lamba el ganado. Nunca lo hago. Ni siquiera cuando escribo para hablar de mi pasada vida, tan inquietante que fue. Más bien invento. Pero eso sí, la verdad es mi materia prima: se deja moldear como la plastilina.

Oyendo boleros de tiempos idos, del debut del siglo xx que me vio nacer, y en este país al que la Iglesia y los políticos han sumido en la miseria absoluta, material y moral, de mis amigos, ay, vivo no me queda ni uno; a todos los he ido registrando en mi libreta. Más tarde o más temprano, el que es amigo mío se muere. ¿Quién me va a anotar a mí? ¿Christie's? ¿Sotheby's? ¿Por cuánto irán a vender mi famosa *Libreta de los muertos* estos negociantes de tesoros? Tengo un pie en la barca de Caronte, listo para cruzar el Estigia rumbo a la otra orilla donde empieza el reino de Hades cuya puerta guarda el can Cerbero, amigo de Brusca y que por lo tanto nos dejará pasar gratis, sin cobrarnos la entrada.

El ir y venir de cualquier calle del mundo en un instante cualquiera del tiempo no se repetirá jamás en lo que quede de eternidad. Veo en YouTube un video de una calle peatonal de Sorrento, *il Corso Italia*, al anochecer. Gente y más gente y más gente pasa frente a la cámara que a su vez avanza, y eso es todo. A los que vienen a contracorriente del travelling del camarógrafo se les ven las caras porque vienen de frente. De súbito aparece en el fondo de la toma un ángel que viene hacia mí, un muchacho hermoso ¿de la Costa Amalfitana acaso? ¿O un hijo de la Camorra? ¿O de la Cosa Nostra? Al llegar a la cámara me mira, sale de campo por la derecha y se va. ¿De vuelta a casa tal vez? ¿Dónde vivirá? ¿Dónde estudiará? ¿Qué hará? ¿Y qué vamos a hacer los dos cuando nos estemos calentando juntos, abrazados, en el duro invierno? ¿Cuánto va a durar nuestro romance de amor? ¿Días? ¿Meses? ¿Años? Detengo el video y lo retrocedo al instante en que aparece el ángel, e igual: pasa frente a la cámara, me mira, y por el lado derecho se va. Vuelvo a retroceder el video, y lo mismo: pasa frente a la cámara, me mira, y por el lado derecho se va. Tendría yo entonces la edad del ángel, diecisiete años, pero nos perdimos en una calle del Tiempo. Y esa es la triste historia de un amor que se me fue, como la lotería que no me gané por dos números equivocados en el billete que compré.

Lotería calientapollas, amor perdido, terremoto devastador, estragos de la lluvia, plaga de condóminos, ¡y ahora la peste de los desechables que me llueve del cielo Quintero! Para cuando estalle la guerra nuclear tengo que tener agua recogida en la bañera. ¡Cuál bañera, si no estoy en Ámsterdam 122, departamento 7, de la Hipódromo Condesa, sino en una casa del barrio de Laureles! Tendré que excavar aquí una cisterna en uno de los dos patios, preferiblemente en el de atrás. ¿Y quién la excava? Nadie levanta aquí una barra, una pala o un azadón por insuficiencia calórica. La alcahuetería del gobierno y la pestífera hambruna acabaron con las pocas ganas de trabajar que algún día, ya lejano, tuvo este pueblo que se decía trabajador siendo un parásito. Y ahora que en vez de departamento tengo una casa de altos techos, con dos corredores y dos patios y en los patios catorce enredaderas, un naranjo, un mango, un mandarino y un limonero, fresca en medio del horno en que se quema la ciudad, ahora, digo, me atropellan los que pasan con su ruido, su basura y sus perros, que han vuelto mi antejardín el norte de sus urgencias intestinales para que yo recoja sus deyecciones. Que yo sepa Cristo no recogió nunca una sola pese a su humildad. Díganme si sí, y si me equivoco, en qué versículo está para buscarlo en mi versión original de los Evangelios en griego, la lengua en que los escribieron los evangelistas, los cuatro canónicos y unos veinte incanonizados. Los que «haiga», como dicen en Colombia, la Atenas suramericana donde se habla mejor este idioma hermoso. Pero sigamos. Mantengo en los bolsillos bolsitas negras de plástico para ir recogiendo los premios que me dejan esos amigos del hombre a los que quiero tanto. Y a sus dueños. Por lo menos sus dueños les dan casa y comida y acaso también amor, y yo no podría cargar con todos los perros de este mundo. Le pregunté a mi vecino, un pastor evangélico, si Cristo alguna vez había recogido lo que hacen esos animalitos, y me respondió que en tiempos de Jesús en Palestina no había perros. ¿De qué Jesús me estaría hablando? ¿De Jesús Restrepo Calle que tiene una fábrica de tenis y vive a dos cuadras de aquí? Y después de que los dos suyos me dejaron en mi antejardín su habitual regalo, sin recoger nada, al estilo de Jesús Restrepo Calle, me dio la espalda y se siguió con ellos muy orondo rumbo a la Avenida Nutibara, convencido de que Dios es amor y Cristo me ama.

¡Ah con la interminable repetición de seres humanos invariables! Desde que bajaron del árbol se reproducen y no cambian. Nacen con 23 pares de cromosomas, un par menos que los chimpancés, los gorilas y los orangutanes, pero se creen superiores. En las neuronas con que nacen tienen grabado el atropello. El humano por naturaleza es atropellador, y los gringos ni se diga. A Colombia le robaron Panamá y a México la mitad del territorio. ¿Y por qué lo digo? Porque estoy hablando del empendejamiento de la vejez, que trae aparejada la pérdida de la memoria, tanto de la inmediata como de la lejana. A mí me están floreciendo ambas. Por la pérdida de la lejana se me olvida el nombre de mi abuela, el ser que más quise. Y por la pérdida de la inmediata, dejando de lado el último libro del marqués de Vargas Llosa que estoy leyendo, tomo hacia la cocina a prepararme un café y en el camino se me olvida a qué iba, y al llegar me pregunto que qué hago en esa porqueriza llena de ollas, platos, tazas y cubiertos sucios. «¿Por qué estoy aquí, en este lugar tan inmundo?» ¡Ya sé! ¡Ya sé! ¡Ya sé! Vengo a lavar la loza del banquete-orgía con que me agasajó anoche en Casablanca mi amigo y benefactor Argemiro Burgos Molina, que mandó preparar el banquete y organizó la orgía con veinte venezolanos hermosos, expulsados de su país por Maduro y que se han entregado en el mío a una obra de caridad, por no decir que de misericordia, muy noble, muy bella, muy positiva, y que le quedó faltando al catecismo del padre Astete: la prostitución. Mucho más bonitos y sexys y nobles los venezolanos que los prostitutos colombianos, que como bien saben los que saben son extorsionadores, escandalosos, asesinos y ladrones. Y tienen el alma podrida de tanto odio y fracaso. Colombia no sirve para la prostitución. Ni para nada. No vengan, serbobosnios, por acá, que pierden el tiempo. Y antes de que se me olvide: «La cópula con mujer se engloba en el pecado de la bestialidad», dijo en la fiesta Argemiro.

Un olvido borra otro olvido y otro olvido borra otro olvido y así. Vivo feliz, confiado en mi continuidad ininterrumpida que me asegura que sigo siendo el mismo que fui. Yo soy el que dice yo. Si no me aferro a mi yo me desintegro, soy egótico. Arreglo daños y pago cuentas, que me entran sin parar por debajo de la puerta de la casa como culebras amantes. Pero jamás doy limosna porque la caridad promueve el ocio, que atenta contra el trabajo, que apuntala a la sociedad. Absténganse, cristianos, de la caridad. Que la haga el papa. Del agua que he recogido en unos baldes por falta de cisterna me quedan unas gotas. Se las voy a dar a Brusca y que me muera de sed y se ocupe de ella Dios.

Tan pronto llega uno a un hospital le quitan la tarjeta bancaria a la entrada y acto seguido lo conectan a unas botellas de suero, que lo van soltando gota a gota, en tanto en las oficinas del robadero un cuentagotas va anotando el goteo en la kilométrica cuenta. Gota que cae del frasco, gota que cuenta en la cuenta. En pocos días de hospital pierde el paciente la casa, la herencia que les iba a dejar a los hijos y que le costó una vida conseguir. En el momento en que el hospital no le pueda quitar más al paciente porque ya no alienta, sacan el cadáver a escondidas para que los otros clientes no lo vean y vayan a pensar que los hospitales son morideros. El que entra a ellos caminando vertical es muy probable que salga tieso y horizontal. No crean en curas, ni en médicos, ni en hospitales. Muéranse en sus casas, bajo un techo conocido, y que los reciba en su Gloria Dios.

¿Ya habrá escampado? ¿Amainaría ya la borrasca? Entonces la pregunta que me hago se la traslado al pasado a David, que me responde: «Fíjate en un charco a ver». ¡Claro! Una gota que cae en un charco forma una onda, y una goterita forma una ondita. Y si no hay ni onda ni ondita es porque escampó.

¿Dónde habrá sido ese diálogo que tengo grabado como con cincel en la cabeza? ¿En México? ¿En Colombia? ¿O en el largo viaje que hicimos, manejando yo la camioneta Rambler aguantachoques que teníamos, por Centro América? La lluvia moja sin distingos pero solo se deja ver a contraluz, no de frente. O bien se detecta en los charcos: si siguen salpicando y chapoteando las goteras en ellos es que sigue lloviendo.

—David, veo el charco quieto.

—Entonces escampó.

No tengo nada que hacer, salí del círculo luminoso de los reflectores tan pronto dejé, *motu proprio*, el primer cargo tras suprimir del territorio a unos cuantos millones, y de mi diccionario la palabra *genocidio*, que la hipócrita humanidad tacha de infame, siendo así que es una necesidad apremiante, impostergable, urgente. Le va su existencia en ella al *Homo sapiens*. Con veinte trillones cada uno, China y la India son unos países criminales. ¿En dónde van a meter a sus hijos y a sus nietos? ¿En los Llanos Orientales de Colombia? ¿En la pampa argentina? ¿En el Petén de Guatemala? ¿En los desiertos de México? ¿En el resto del planeta amarilleándolo y cobrizándolo todo? No se puede. ¡No permitamos eso! Hay que pararlos.

Gran error haberme metido en la gobernanza de Colombia, este país no agradece ni aprende, es cerril. La cerrilidad le viene de los españoles, los patipuercos que nos trajeron los curas y nos robaron el oro. Pero la mala índole le viene en su conjunto del ayuntamiento de tres sangres: la blanca, la negra y la aborigen, un batiburrillo espantoso que cocinó la lujuria en un caldero hirviendo. ¿Comen? No es que coman, devoran, no paran de tragar. Tres veces al día mínimo más los tentempiés que hacen en los entreactos. Digamos seis comidas diarias. ¡Cómo no van a tener hambre! Todo el tiempo la tienen. La tienen que tener. El colombiano come, pide, pretende, exige y enarbola derechos. Los aterricé no bien los militares me subieron al poder (contra mi voluntad, Colombia fue testigo). Les hice ver entonces que eran ilusorios sus tan cacareados derechos y que lo que tenían era deberes: para con su prójimo los animales, para con su patria Colombia, y para con su presidente, o sea para conmigo, para con yo, para el que habla, para el que dispone, para el que dispara. Me imagino que ya leyeron mis *Memorias de un soldado de la patria*. Se agotaron pero se consiguen.

«Colombianos, las palabras nunca les han dado existencia a las cosas» les expliqué, una y otra y otra vez. Los derechos no existen, son elucubraciones de fementidos filósofos sociales. No aparece ningún «derecho a la reproducción» en

114

la Declaración de los Derechos Humanos, emitida por la Revolución Francesa después de decapitar a miles y miles. Busquen a ver si mencionan ese cuento. No entendieron, Colombia nunca entiende. Procedí entonces a la esterilización masiva a la brava ya que por las buenas los vi muy reacios. Y así, con tolerancia cero, tuvimos reproducción cero, ruido cero, atropello cero, vandalismo cero. Vivo que delinquía, muerto que no volvería a delinquir. A un costeño que se jactó por televisión de haber engendrado aquí y allá, de pueblo en pueblo, en numerosas madres, con soltura de braqueta, un centenar de hijos (de los que no se ocupó ni de uno solo), para escarmiento del país lo ajusticié en vivo y en directo en plena plaza de Bolívar, en un cadalso improvisado que instalé a un lado de la estatua de ese venezolano bellaco que le da nombre, con una rula que le tumbó la cabeza manchando el adoquinado del piso patrio con la roja sangre del garañón. Dejé a Colombia boquiabierta. Acto seguido, a punta de mordaza se la cerré. Les puse tapabocas. ¿Revolucioncitas francesas a mí? ¿Guillotinitas? Yo no copio y pego, yo innovo.

Campañas de desburocratización y desburrización sumadas a textos escolares que daban cuenta de mis verdades morales, cívicas y científicas, de nada sirvieron. Que no me hicieran estatuas cuando me muriera les rogué, y por lo menos me hicieron caso en esto. Seguí mandando pues post mortem, cosa que no puede contar cualquier patirrajado de la Historia. ¡Claro, por el gran conocimiento de los vivos que llegué a tener cuando vivía! De las muchas profesiones que eliminé cito las de carnicero, matarife, cura, político, futbolista y sicario. «¡Colombianos! —les decía—. El fútbol envilece. Le baja al hombre el alma de la cabeza a las patas. ¡Pecuecudos!» Y proscribí ese espectáculo imbecilizador, a la vez que demandaba ante la Corte Penal Internacional a la FIFA por corrupta. Así que no solo Colombia es la que está en mora conmigo sino la humanidad. Las estatuas no me sirven, no me gustan, no las quiero, les aterrizan encima, en las cabezas y en los hombros, los pájaros y las palomas, y las profanan. Quiero una antorcha permanentemente encendida para que palpite como palpitó, en llama viva, mi vida. Me les tuve que morir pues para que por fin sospecharan (pues para entender la cabeza no les daba) la magnitud del muerto.

¿Llegarán a saber mis biógrafos (más que los de Napoleón sea dicho de paso) que mis últimos pensamientos fueron para la gramática y la defensa del idioma? ¿De este que tanto amé y defendí infructuosamente? No confío en biógrafos, ni le presto plata a nadie. Que se las preste el banco y les sirvan de fiadoras ante el banco sus madres.

Al colombiano el trabajo lo horroriza; de continuo se enferma; exige vacaciones para descansar de las que acaba de disfrutar; envidia al que gana más y odia al que le va bien; y no agradecen el bien que uno les hace si se los deja de hacer, pues la naturaleza los hace malagradecidos, como hace a la garza esbelta. Llegué yo y traté de cambiar las cosas, por ejemplo fusilando a diez mil motociclistas vándalos (*Memorias de un soldado de la patria*) y todo siguió igual, nada cambió, de nada sirvió la educación que les di, seguían naciendo colombianos por montones y sin cambios, con diez dedos en las patas e igual de mañosos que los de siempre y con la ingratitud genéticamente embutida en sus almas. Ahí tienen al colombiano eterno, con el que no acabará nadie. La herencia lamarckiana, la de las características heredadas, por desgracia no existe, no se da. Por más que uno alargue el cuello desde la infancia, ningún hijo que uno tenga nacerá con cuello de jirafa. Darwin tenía la razón: el que no se ha muerto es porque gracias a la selección natural sigue vivo. Por lo tanto la educación no sirve, para qué pierden el tiempo en eso. Lean la Historia de Roma a ver si los romanos no eran tan pichadores y malos como nosotros. La «pija» argentina viene del árabe hispánico «picha», o miembro viril. De esa misma pija o picha viene el verbo «pichar» colombiano, que con tanto fervor conjuga Colombia: Yo picho, tú pichas, él picha. Picha el cura, picha el papa y todos sin distinción pichamos.

Voy a explicar de prisa mis tesis biológicas a ver si me entienden los sabios locales. Existen «redes nerviosas heredadas». Así las llamo yo, aunque nadie ha hablado de ellas. Heredadas digo porque vienen encriptadas en el genoma de ADN con que nacemos, ni más ni menos que como el color de los ojos. Ejemplos incontrovertibles de redes nerviosas heredadas: el instinto de hacer nidos de los pájaros, el instinto sexual del ser humano y el instinto atropellador del colombiano. La infinita mayoría de las redes nerviosas que tengamos ahora las hemos ido formando en el curso de nuestras vidas y son individuales e irrepetibles. Pero hay otras que no, son comunes a la especie y nacemos con ellas. ¿Entendieron por qué atropella el colombiano? El colombiano es como un tigre que se lanza sobre una gacela. No lo hace por maldad sino impulsado por una fuerza ciega de la naturaleza, genética. Comprendámoslos. Aceptémoslos. Perdonémoslos. Digámonos que algunos de ellos nos pueden servir para la pichadera. Desde que salen de la oscuridad claustral a la luz y hasta que los meten en la oscuridad del sepulcro, el colombiano vivirá sometido al atropello. A mí, yendo con Brusca hacia el parque de La Matea a donde la llevo a correr, un motociclista endemoniado que venía a contravía y a toda verraca casi nos da. ¡Al diablo con la compasión y con las redes nerviosas heredadas! Esto solo se arregla con un fusiladero.

Me llamó por teléfono un profesor de la Universidad de Antioquia de apellido Vélez muy molesto porque yo estaba hablando mal de Einstein. «¡Pero cómo voy a hablar mal de él —le contesté—, si lo considero el estafador más grande que ha habido, por encima de Jesucristo!» Me tiró el teléfono. Ese profesor rabioso además de físico es todólogo y sabe de biología como un putas. Sabe, por ejemplo, que gracias a la Selección Natural de Darwin él está aquí, porque él proviene de un óvulo grandototote fecundado por un espermatozoide loco. Vélez, prestá atención que te voy a decir una cosa importante: Newton le robó a Galileo el movimiento parabólico y lo único que hizo fue simplemente ampliarlo al plano extraterrestre y postuló el primer cohete, uno que saliera de la Tierra enverracado, a 7,8 kilómetros por segundo, y entrara en órbita. Y sí, pero la velocidad no la midió él sino que la midieron recientemente al tanteo, por *trial and error*. «Pónganle un poquito más de velocidad al cohete a ver si sale». «Bueno *doktor* von Braun».

Los italianos son más inteligentes que los ingleses y roban menos. El inglés por naturaleza es saqueador de países, y vive bajo el yugo de una reina vieja que no se muere. Ya enterró al marido, un príncipe consorte, o sea «con suerte», que fue el que la consorteó durante un siglo, y ahora quiere enterrar al hijo. En el entierro del marido iba de primera en primera fila, paso a paso, haciéndose ver. Es más protagónica que un cadáver. No importa. De todos modos Colombia es más corrupta que los ingleses y la Iglesia católica juntos. Más que la FIFA.

¿Tenía algún sentido para mí, así fuera desde la presidencia, luchar como me tocó por desempeorar un país que nació torcido y malo? ¿Tenía algún sentido darles moral y civismo a los que llegaban, si salían iguales a los que se iban? ¿No veía yo por ciego que todos nacían aquí con la colombianidad grabada en los genes? No, no veía, lo confieso, pero ya me di cuenta y hoy puedo hablar. Un país educado por los curas, por la FIFA, los políticos y los hablamierda y preguntones y preguntonas de la tele y de la radio, nuestros envenenados Sánchez Cristos y Vickys Dávilas, no tiene componedero. Se nos fue de las manos. Dañado durante generaciones, lo reparará cuando venga por fin a la tierra el Paráclito, el Espíritu Santo que Cristo nos anunció cuando andaba de predicador errante, y que aún no llega. Llevamos dos mil años esperándolo. Pero ya llegará, «no coman ansias» como decía David, a todo le llega su momento. Tres cosas pues para terminar este asunto. Una, nací en el país equivocado. Dos, hice lo que pude y no pude hacer más. Y tres, la gallina pone huevos y la piedra seguirá siéndolo por lo que reste de la eternidad.

De los veinte hijos que tuvo mi mamá, esta santa no quería dejar uno solo huérfano porque a todos, hombres y mujeres, neutros y transgéneros por igual, nos quería de sirvientas. Para eso nos parió, para eso nos educó, por eso nos pensaba enterrar. No se le hizo. Murió antes que varios de nosotros a los ciento veinticuatro años cuando le cortaron una pierna por obra de la diabetes y con el permiso de Dios. Si mis hermanos me hubieran llamado a México a tiempo a consultarme, les habría recomendado que le dieran pasteles. ¡Malditas sean las madres y que caiga la que caiga!

Nota sobre la educación que le he dado a Brusca. Ninguna. Solo cariño y devoción de parte mía las veinticuatro horas del día. Si con gran dificultad le lograba enseñar alguna cosita, no bien volteaba yo la cabeza se le olvidaba. Y si un vicio agarraba por cuenta propia, jamás lo dejaba. Así son las cosas en este mundo, para qué pelea uno contra la realidad. Aceptémosla o no sigamos viviendo, peguémonos un tiro. Ella quiere lo que quiere y hace lo que se le da la gana. Es como un niño. «Te voy a meter a estudiar con las monjas del Sagrado Corazón para que veás que esas sí te doman» la amenazaba. Lluvia sobre una pared sorda. «Dame la mano» le decía. No me la daba. «La otra». Tampoco. *«Donne-moi la main»* le decía en francés. Se hacía la que no sabía la lengua de Descartes. Le daba un trocito de carne, y me iba dando la mano ¡con un sentido de la obediencia! Hace un rato estaba acostada en el segundo patio tomando el sol muy plácida y la llamé: «Brusquita linda, vení y dame un beso». Ni levantó la cabeza. «Mirá lo que te voy a dar», y le mostré una galletica. Ni miró. Se la tiré a dos metros de ella y la miró de reojo, girando luego con desprecio el reojo hacia la neutralidad del ojo. «Mirá el pedazote de carne que te voy a dar», y le mostré un pedacito. No se movió pero se interesó. Se lo tiré a los mismos dos metros como la galletica, y se levantó y corrió a comérselo. Este comportamiento lo interpreto así: ella hace un cálculo calórico frente a las ganancias que puede sacar. «¿Una galletica no más? No tiene caso levantarme e ir por ella, gasto más energías. ¿Carne? Eso sí». Y se levanta. ¡Qué desgracia! ¡Mi niña me salió carnívora! Toda la educación moral-vegetariana que le di se va al carajo. ¿Ven por qué los colombianos no quieren trabajar? Porque también ellos hacen sus cálculos calóricos.

No critico a Brusca. Yo también soy muy raro. Muy ideático. Tengo ideas. Mis manías de hoy vienen de atrás, de antes de mi llegada a México, e incluso de antes de que naciera, son de estirpe. De una estirpe que se da de cabezazos contra el suelo si no obtiene de inmediato lo que quiere. Día con día me he ido sumando singularidades, tanto de palabra como de obra, que provienen de mi constitución mental heredada y del ejemplo multivariado que me dio mi madre. David, que era un santo y que me ayudó a vivir tantos años, muy delicadamente me iba haciendo ver lo maniático que me estaba volviendo. «Del ejemplo que dan los padres, David, nacen los comportamientos de los hijos. No nací del viento sino del vientre de mi madre. A veces siento que estoy hablando con su voz, como si se apoderara de mí ese súcubo desde la tumba». Eso más o menos le contestaba a David, pues nunca grabé mis conversaciones con él, como hacía Balzac en los diálogos de sus novelas. Por eso él es tan verdadero. Porque grababa con grabadora. Él no inventa.

Si David viviera vería lo mucho que he avanzado por el camino que me anunció. Un vicio adquirido en estos años en que arrastro la vida sin él, y que puede servir de ejemplo: cuando voy a abrir una llave de agua o cuando voy a prender un foco primero me escupo las yemas de los dedos de la mano derecha, luego me refriego con el pulgar los restantes cuatro, y finalmente, haciendo un acto de fe, me digo: «Dios mío, que funcione esto». David hizo lo que pudo para curarme de rarezas. Pero en vano.

Volvió el mosquito. El mosquito colombiano que no me deja tomar en paz mi caldo Maggi de mediodía que es lo único que como en las veinticuatro horas. Lo persigo con un zapato dándoles zapatazos a las mesas, quebrando platos y tazas y, Dios es grande, por poco no quiebro la botella de whisky. ¡Con lo caro que está! ¡Con lo que ha subido la vida bajo la administración Duque! «¡Sinvergüenza! Me tomo este whiskicito a la salud de nuestros generales, a ver si te tumba un golpe militar. Vámonos, Brusquita». Y salgo con ella y paraguas maldiciendo del presidente. Y a las cinco cuadras, en el cruce de la Nutibara con San Juan, dejo de sentir el peso del negro objeto. «¡Cómo lo voy a sentir si no lo traigo, si lo dejé olvidado en Casablanca! Se me quedó en el corredor delantero colgado del paragüero». Regreso por él y al sacar las llaves para abrir la reja de entrada, ceremonia que realizo con la mano derecha, me doy cuenta de que lo traigo colgado del brazo izquierdo.

Regresé a Colombia con Brusca en un avión de Avianca cuya cabina sin ventanillas parecía una tumba cerrada. Veníamos de la Ciudad de México a Bogotá. Yo a un paso del infarto en la cabina de pasajeros; ella sedada, en una jaula, en la bodega, me imagino que entre los equipajes, pero no sé. El vuelo entre las dos ciudades dura, sin tropiezos, cuatro horas; con tropiezos, póngale usted. ¿Pero es que habrá algo en este mundo que fluya sin tropiezos? Cuatro horas de vuelo, más las tres precedentes para los trámites, las revisiones y el despegue del avión por la atestada pista, y otras tres después de que aterrice hasta que salgan los pasajeros en el aeropuerto de Bogotá para nuevas revisiones y trámites y burocracias, ¿cuánto da? ¿Diez horas? Diez infartos seguidos no los resiste nadie.

No sé qué caset viejo me puse a pasar por la cabeza para no pensar en el avión. La angustia me estaba matando. ¿Y si tras desembarcar el grueso de los pasajeros en Bogotá el avión continuaba hacia Lima, como me dieron a entender los ambiguos anuncios de las pantallas del aeropuerto de México, y no sacaban la jaula de Brusca de la bodega y seguían con ella el viaje? Brusca estaba adormecida por los somníferos que le di en el aeropuerto de México, como anestesiada antes de una operación. La última vez que la vi fue cuando su jaula entraba por una banda rodante hasta desaparecer tras una cortinilla entre los equipajes y no pude acompañarla más allá. Hacia las dos horas de vuelo sentí que el corazón se me iba a parar. «Este lujo no me lo puedo dar todavía —me decía—. Mientras viva Brusca tengo que vivir yo». Y me lo repetía y me lo repetía y me lo repetía.

No existe peor plaga sobre la tierra que los pobres de Colombia. No sé si sean así los de la India, pero lo que es aquí, se plantan en una esquina a cobrar peaje y piden en nombre de Dios enfurecidos. Al que no les dé, le mientan la madre si bien le va. Si le va mal, le refuerzan el hijueputazo con una puñalada. El que les dé una vez les tendrá que dar siempre, o no volver a pasar por la mortal esquina. Se sienten sus dueños por derecho divino, como el rey de España. Como ese langaruto largo, largo, alto, alto, que toca el techo con la cabeza y dobla en tamaño a una de sus ministras. Palmo por palmo las calles colombianas se las van tomando los pobres. Palmo que agarran, palmo que no sueltan. Los defienden de los otros pobres a cuchillo. La población colombiana, que hoy es de cincuenta y un millones, tiene cincuenta y dos millones de pobres. El DANE, nuestro Instituto de las Estadísticas, miente en las cifras tanto como la DIAN atraca. De creerle al DANE, aquí prácticamente ya llegamos al pleno empleo. En Colombia habrá si acaso mil desocupados. ¡Mil tenemos en Laureles en una sola cuadra!

Feliz como fui en mi niñez pese a la mandonería de mi madre, en Semana Santa tenía que llorar por la pasión de Cristo.

—Yo no lloro —decía yo—. No conozco a ese tipo.

—¡Cómo trata así a Jesús! —me contestaban—. Grosero.

—¡Cuál Jesús! Muéstrenmelo a ver.

—Callate la boca, culicagado.

Sacando cuentas ahora, prácticamente nací descreído. Peor. Me alegraba de que los judíos hubieran crucificado a Jesús. La humanidad estará siempre en deuda frente a ellos por haber tratado de extirpar de raíz la plaga que se avecinaba. La vieron venir. Lo dieron por muerto en la cruz, luego lo enterraron las Santas Mujeres, ¡y se les voló de la tumba! Por eso estamos como estamos. Quiero a los judíos. No me importa que sean codiciosos y avaros. Yo también quería el oro de niño, pero en bolitas ensartadas como chaquiras en una cuerda para ponérmela en torno de la cabeza con ellas colgando sobre la frente para verme bonito.

—Papi —le decía al mío, que había estudiado en el seminario—, tomémonos un *selfie* aprovechando que tengo ahora la corona puesta.

—Te vas a volver marica —me contestaba.

—¿Y eso qué es? —le respondía, y ponía cara de que iba a llorar.

Yo era más falso que Duque. Mi papá fue senador y ministro, pero honorable. Porque aunque les parezca increíble, llevaba la honorabilidad adentro pese a lo que lo arrastró la vida. Un seminarista que se sale del seminario la víspera de que le hicieran la tonsura, por fuerza tenía entonces que ser abogado, y un abogado político. ¿Saben qué pasaba? Que él no era político de corazón, él no quería ser presidente, quería ser tenor de ópera como Tito Schipa para cantar: «Princesita la de ojos azules y boca de grana...» Por eso a mí no se me antojó la presidencia. Subí porque se empeñaron los militares.

—Necesitamos una cabeza pensante para que presida esta Junta —me dijeron—. Usted.

Prácticamente me pusieron un revólver en la sien y tuve que aceptar. Y no bien subí al solio de Bolívar o trono papal fusilé al Congreso en pleno, a diez mil motociclistas cafres que me desafiaron, al cardenal primado y a un centenar de periodistas muy alzados y serviles encabezados por el último director de *El Espectador*, Fito Cano, al que de entrada le clausuré, por supuesto, su pasquín.

Cosa que me decían en mi infancia, cosa que hacía al revés por llevar la contraria. «Sube, Ferchito, otro travesañito de la escalerita para poderte cortar bien el pelito», me decía mi mamá, montado yo en una escalera y ella peluquiándome porque mi papá no robaba ¡y qué le iba a alcanzar el sueldo para mandar a la peluquería a veinte hijos! Pues en vez de yo subir el travesañito, bajaba otrito. Si mi papá no hubiera estudiado en el seminario, él y ella habrían tenido dos o tres hijos, que son más o menos razonables. Ah no, que la Iglesia no dejaba... La Historia con mayúscula, que es la que tiene la última palabra, sentenciará sin recurso de apelación:

—La culpa del desenfreno demográfico de Colombia con su consiguiente desgracia la tiene la Iglesia católica. Las maldades que hizo esta institución hipócrita en esa parte del globo terráqueo no tienen perdón del cielo.

—Amén —les respondo.

En vez de subir pues un escalón yo lo bajaba. Brusca me salió igual, rebelde y voluntariosa como el papá. ¡Claro, como sabe que el papá la ama!

Mi vida ha sido una lucha contra mi naturaleza díscola. En la cárcel de El Sufragio, el colegio donde estudié de niño, con los salesianos, unos ensotanados con unos polvos atrancados, era el mejor de la clase. En los «actos públicos» como los llamaban, los de fin de año, me daban diplomas y diplomas y me colgaban en el pecho medallas y medallas. Y sin embargo al volver a casa todo condecorado y mirando desde lo alto como si me hubieran coronado con chaquiras de oro, mi veintena de hermanos seguían sin obedecer, en insubordinación relapsa. «¿No ven que soy el primogénito? ¿No ven que vengo todo galardonado?» Más me obedece esta Brusca que ya conocen. No quiero pues Orden de Boyacá. No me vayan a salir ahora como los salesianos con medallas de latón dorado. Quiero corona de espinas pero con chaquiras de oro.

¿Y alguna de las incontables constituciones que ha tenido Colombia a lo largo de sus doscientos años ha defendido a los ricos, a los que tenemos casa con dos patios? ¿O es que no somos colombianos? La vida no es sueño como decía Calderón de la Barca: la vida es pesadilla. Una continua pesadilla, dormidos o despiertos. Nunca he tenido un sueño feliz, todos angustiosos, soñando que voy hacia los que más he querido y que en el camino algo pasa, que se detiene el camión de escalera en que voy, que ya no sube el elevador...

—Alois, que no vuelva a soñar. Quítame también los sueños.

—No soy psiquiatra.

El que llega aquí al solio cada cuatro años (que con un cuento o con otro terminan ampliando a ocho) supera con creces en bellaquería no digo que al anterior: a todos los anteriores juntos. Tal la ley fundamental que rige la Historia de Colombia. ¿Una prueba? El que tenemos ahora. Empezó haciéndose el bobo y era una sierpe. No hay cabeza humana que pueda guardar la Wikipedia en sus neuronas. Muy chiquita resulta la taza para tanto caldo. Dejen entonces en paz a los niños jugando. Viéndome como el Santo Domingo Savio de Colombia, un niño puro y casto, imperturbado, imperturbable, inmasturbado, inmasturbable, me querían llevar los salesianos a su seminario de La Ceja para hacer de mí un cura santo. Todo se fue al carajo cuando se dieron cuenta de que lo que yo quería ser era papa, no cura. «O toda la Wikipedia o nada», les di a entender, para hablar con terminología moderna. La Ceja es un pueblo encaramado en alguna de las gélidas montañas de Antioquia, y a sus habitantes, de tanto frío que allí hace, se les pone la cara roja color tomate maduro y se les encoge el pipí. Y así, claro, en La Ceja nadie peca. Los salesianos calculan más que los jesuitas. Todas estas sectas saben muy bien lo que hacen.

La pompa me encanta. Los candelabros, los candiles, los reflectores... Y más que nada los zooms de las cámaras enfocados en el humilde Vicario de Cristo, un antioqueño criado con arepa de maíz y caldo de frijoles. El caldo, tibie-

126

cito, me lo empezó a dar mi mamá con una cucharita no bien me destetó. Yo sabía con precisión cuándo decidió ella el destete, hasta que caí en manos de Alois. ¿Al año tal vez? No, porque yo ya tendría dientes, y niño con dientes o se desteta o mata madre. Gradúenme, por favor, guardias suizos, el micrófono, que voy a cantar misa mayor. Bendición pa un lado, bendición pal otro… Salir yo todo enjoyado en hombros de los Sediarios Pontificios, unos muchachos sexys y hermosos que me cargan en la silla ¿qué? ¿Cómo es que se llama? ¡Gestatoria! ¡Me acordé! Pero no tiene que ver con la gestación. No soy mujer papisa. Y si mujer fuera no querría tener adentro un feto pataleando, un Pablo Escobar, un Álvaro Uribe, un Karol Wojtyla. El feto humano es de lo más interesante que hay. En mi *Manualito de biología para niños pensantes* expliqué el porqué del parecido entre el feto humano y el del perro y el del cerdo y el de la rata y el de la vaca y el de los micos y el de los pollos. ¡Y el del pez! ¿Por qué ese parecido? Porque somos iguales y la embriogénesis nos lo está diciendo a gritos: unos pobres vertebrados paridores y excretores. Somos peces salidos del agua a tierra, con nuestras aletas anteriores convertidas en brazos y las posteriores en patas, y nuestros cerebros en una central inmensa de ambiciones y traiciones. Un call center del horror.

Empiezo a hablar de una cosa y sigo con otra. Me pierdo. Así estoy. Así me dejó la medicina moderna. La memoria inmediata se me fue cuando se me fue la lejana, y viceversa, la lejana se me fue cuando se me fue la inmediata. Desde hace unos años (pero no me acuerdo cuántos) mi cerebro se empezó a comportar de una forma extraña: a negarse a aceptar cosas nuevas. Por ejemplo, siempre se me olvida el nombre de pila del actual presidente. El apellido es «Duque». Pero el nombre se me va, se me olvida cómo lo bautizaron en la pila bautismal. ¿César? No. ¿Virgilio? No.

¿Misael? No. ¿Alfonso? No. ¿Andrés? No. ¿Ernesto? No. ¿Álvaro? No. ¿Juan Manuel? Menos. Se odian. No sé cómo se llama pues de nombre de pila ese zoquete. Mantengo en la cabeza un diccionario de sinónimos para mis insultos que todavía no me lo borra Alois, y voy sacando de ahí cuando los necesito, como sacaría agua, con una jarra, de la cisterna de Casablanca en caso de guerra nuclear, ¡si la hubiera construido! No se construyó pero nunca en la Historia de la Medicina se han entendido tan bien médico y paciente como Alzheimer y yo. «Divinamente bien», como decían antaño las señoras en Colombia, de las que ya no hay. Las remplazaron las que sabemos.

¿Pero qué pasó pues con la cisterna? ¿Se construyó o no? No, porque las cosas no se construyen solas, necesitan un hacedor, un creador. Una *causa causarum* o causa de las causas como la que propuso Santo Tomás de Aquino el Doctor Angélico, el Aquinate, basada en el Primer Motor Inmóvil de Aristóteles el peripatético, el Estagirita, quien lo llamó en su griego clásico, impecable, el ὃ οὐ κινούμενος κινεῖ, que traduzco al latín escolástico medieval como el *primum movens*, o sea el que mueve sin que lo muevan. «Pero si el motor no se mueve, tampoco podría mover entonces a las criaturas puesto que el moviente está inmóvil» argüirá cualquier bisoño en teología, que nunca faltan, un torero espontáneo que se tira al ruedo a cagarse en el torero y la corrida. Erradísima forma de pensar. Está malinterpretando ese pendejo novato nada más ni nada menos que la prueba máxima de la existencia de Dios, la *mater omnis probationum* o «madre de todas las pruebas», como habría dicho Sadam Husein si los gringos no lo hubieran matado y hubiera sabido latín.

¿Qué le costaba mandar desde arriba al Motor Inmóvil que se hiciera sola la cisterna? Y Brusca y yo sin agua para beber... Lo que produzcamos ella y yo en nuestra condición de seres terrenales no me preocupa en caso de guerra nuclear, porque como ni ella ni yo vamos a volver a comer, no volveremos a producir desechos. ¡Valiente consuelo! Nuestro sutil espíritu de personas, que será lo poco que quede de nosotros después de substraer nuestra materia desechable, se esfumará entonces en el cielo azul limpísimo, sin smog, producto de la inmovilización automotriz y humana decretada por el pestífero Quintero.

Vuelvo a Santo Tomás para citarlo *ad pedem litterae et in extenso*: «Unde dicitur quod finis est causa causarum, quia est causa causalitatis in omnibus causis» dice en su *De principiis naturae*. O sea: «Por lo cual se dice que el fin es la causa de las causas, dado que es causa de la causalidad de todas las causas». Y sigue: «Así de la materia se dice que es causa de la forma en cuanto que la forma solo está en la materia. De modo similar, la forma es causa de la materia en cuanto la materia no tiene el ser *en acto* sino por la forma». Cuando el Aquinate dice «en acto», ¿se referirá a un acto sexual? ¿O a uno asexual? Quién sabe… ¡Claro que no se construyó la cisterna! ¡Qué se iba a construir si no era «construible»! Era «excavable». Y claro que Quintero es un pestífero, que significa «el que trae la peste», y viene del latín *fero-fers-ferre-tuli-latum* que significa traer, y de *pestis-pestis*, que para Cicerón significaba peste, y para nosotros peste. Quintero es el mejor sinónimo de peste, el que más se aproxima. Y los romanos eran como nosotros, igualitos, leguleyos y maricas. Desde niño sabía latín, pero Alois me lo borró.

—Con una sola lengua basta —me dijo—. Con la que usted come.

—Sí, doctor —le contesté—. El problema es que se me quebró un diente, y hace un año la contraparte se me había caído. Quedé mordiendo en el aire.

—¿Usted sueña con una mujer desdentada?

—Sí, doctor, mueca.

—Qué quiere decir eso.

—Lo que usted dijo: sin dientes.

—¡Eh ave María por Dios, qué mal hablan ustedes el español en Antioquia! Con la que sueña usted es con la Muerte.

—Bórreme entonces los sueños.

—La otra vez le dije que no era psiquiatra. Hoy le aclaro que tampoco psicoanalista.

—Discúlpeme entonces, doctor. ¿Dónde pago?

—Páguele a la señorita de la entrada para que pueda salir.

Mis biógrafos (los de Napoleón fueron pocos) ¿cómo irán a saber en qué estaba pensando yo en el momento en que vino por mí la Desdentada? ¿En mi abuela? ¿En David? ¿En Argia? ¿En Bruja? ¿En Kim? ¿En Quina? ¿En Brusca? Tengan por seguro que van a inventar, tratando mi vida como si fuera una novela. No creo en la biografía, es un género menor, insignificante, que no paga el trabajo. Y no crean en médicos, ni en curas, ni en pastores protestantes, que mienten, engañan, estafan y viven de lo que sacan.

Anoche soñé con mi abuela. Que iba a visitarla a su finca Santa Anita y que no podía llegar porque el camión de escalera en que venía se quedaba varado, para siempre, en Envigado. Desde que la dejé al irme de Colombia no la volví a ver. Colombia me echó, Colombia me la quitó. Colombia es una solemne hijueputa.

Y después soñé con mi madre, pero el sueño no llegó a pesadilla. Fue otro sueño más, angustioso como son los míos. Soñé que, por atolondrada, había dejado ella quemar en la estufa una quesadilla. ¡Pero cómo iba a dejar quemar una quesadilla si no estaba en México sino en Colombia! Quesadillas no hay en Colombia, son mexicanas. Y sigue el sueño así: que en el momento en que salía yo de la cocina en medio de la nube de humo causada por la quesadilla, llegaban dos amigos míos a mi casa (o sea a la de ella porque nunca nada de lo de ella fue mío) y que yo les preguntaba: «Qué van a tomar, muchachos: ¿whisky o vodka?» El uno dijo que whisky y el otro que vodka. «No hay whisky —les contestaba yo—. Y el vodka se nos acabó». ¡Cómo no van a ser angustiosos los sueños míos! Por eso no puedo dormir, porque no quiero, porque me tengo que enfrentar a mi yo profundo, a mis dramas y carencias. Yo no soy el que soy, ni tampoco el que parezco ni el que digo. Yo soy otro.

En Colombia el que llega a un puesto público se vuelve amo, señor y dueño del cacicazgo que le tocó en el reparto del botín de la res pública tras el triunfo de su mafia o partido en las elecciones. Ministerio de una cosa para fulano, ministerio de la otra para mengano, la DIAN para zutano, el DANE para perencejo o bien para la madre de perencejo que bien merecido lo tiene porque lo parió. Y al que no le toque nada que se joda porque no va a poder robar, y el que no roba no puede alimentar en este país hambreado a sus hijos. El último año de los sexenios de México lo llaman «El año de Hidalgo, que chingue a su madre el que deje algo». Aquí tenemos cuatrienios extendibles a octenios. Y así Quintero quiere un octenio extendible a dieciseisenio. A mí Quintero se me hace más importante que un presidente: lo veo entre los cuatro Jinetes del Apocalipsis, que son: la Guerra, el Hambre, la Muerte y la Peste, que es él. Aquí tuvimos uno que se nos eternizó ocho años gracias al apoyo con que contaba del Espíritu Santo, un espíritu sesgado, nada imparcial. El actual Duque cuenta tan solo con la Virgen de Chiquinquirá, la más humilde de las once mil vírgenes, reina de un pueblo cagado del departamento de Boyacá que solo produce papas, entendiendo por «papas» no los de la envergadura de papa Francisco sino los tubérculos.

La realidad ha cambiado mucho y se nos escurre por entre las manos. Desaparecieron, por ejemplo, los pañuelos; los zapatos los cambiaron por tenis; y los pantalones los hacen tan estrechos que los usuarios no caben en ellos y parecen del Renacimiento, como de Romeo y Julieta. Para quitárselos los muchachos usan un calzador de pantalones, que consiste en una bolsa de plástico en que se envuelven los pies y van jalando pierna por pierna hacia abajo hasta que por fin salen de ellos en pelota a la superficie listos para el sexo. El dios del Vértigo y el dios del Caos se han apoderado del mundo y de mí. Y no le pongo «Vértigo» de título al libro que estoy escribiendo porque se confunde con la película de Hitchcock. Ni tampoco «Caos» porque traiciona mi ordenada forma de pensar. ¿Y qué tal «Escombros»? ¡Y por qué «Escombros»! «Escombros» me suena tan estúpido como «Edificio en pie». Los libros no tienen por qué tener título. ¡Maldita sea la manía que agarró el hombre de nombrar las cosas!

Buscando en Internet un día un vivo a ver si ya había muerto para anotarlo en mi libreta, llegué a un sitio oficial de defunciones en México, y al hacer clic me salió una pantalla que me preguntó arriba y a la izquierda: «¿Es usted un robot?» Le contesté que sí. ¡Qué metida de pata! Estalló el computador y se volaron los interruptores de la luz como si los hubiera fulminado un rayo. Y me quedé sin computador ni luz ni Internet. Tras el terremoto un tornado; después del tornado un incendio; y después del incendio, al aterrizar con Brusca en el aeropuerto de Bogotá, en El Dorado, me encuentro gobernando al país un bobo que resultó el más listo. Y ahora, «para acabarla de ajustar» como decía David, me pasa lo que me pasa con estas máquinas producidas a toda prisa por la codicia de vender y vender aunque sea retrocediendo como Microsoft, la empresa más estafadora del mundo, que construye montando un defecto sobre otro defecto, al estilo de la Evolución. Más defectuoso que el ser humano difícilmente lo puede concebir un extraterrestre. Un ejemplo. Los osteoclastos del hueso deshacen el hueso, para que los osteoblastos del hueso reconstruyan el hueso. Y así desde que uno nace hasta que muere y la Muerte para el proceso y lo congela a uno en el esqueleto del momento final, un esqueleto fijo que por fin deja de hacerse y deshacerse. Me pregunto por qué habrá hecho Dios esto tan mal. No sé qué contestará Vélez a estas inquisiciones mías. Ahora me resultará con que también es teólogo…

Yo no, no soy nada. Bajo, subo, salgo, entro, voy y vengo. Sí soy un robot. No lo niego. El Internet sabe más de mí que yo mismo. ¿No dice pues la Wikipedia italiana que soy un cura pedófilo? No creo capaz de mentir calumniosamente a tan increíble obra de omnisciencia. Si lo dice será porque soy, pero no en «acto» sino en aristotélica «potencia». Entonces voy a dedicarme a los acólitos para pasar de la potencia al acto. Aquí tienen pues, en un pobre colombiano de los de a pie, que sube y baja, que sale y entra, que va y viene, ¡a la encarnación del mismísimo San Juan Bosco! «Cura pedófilo en funciones busca a su Domingo Savio en Internet». Así me voy a anunciar en esa cosa cuando me la arreglen. Si es que no me salen ahora con que no se puede arreglar, y me dejan desconectado y sin poder concluir mis *Inquisiciones teológicas*, el libro en que estoy metido ahora. Llevará la siguiente dedicatoria:

«A Nuestra Señora la Virgen María, Madre de Dios y Madre Nuestra, Corredentora del linaje humano, medianera de todas las gracias, suplicándole la restauración del Orden Cristiano y el aplastamiento del comunismo ateo, para que brille por doquier la Fé Católica pues sin ella no hay esperanza para las sociedades y para los hombres».

Que se fije el corrector de pruebas (que no sé para qué me lo ponen) que puse incorrectamente «Fé» con mayúscula y tilde (siendo que debe ser con minúscula y sin tilde), y que puse al final «y para los hombres» (cuando lo correcto es «ni para los hombres» con «ni»). ¿Por qué estas incorrecciones mías? Porque así lo quiero. Porque yo con este idioma hago lo que se me dé mi real gana. Quiero «ni». No quiero «y». ¿Quedó claro?

Volví a soñar anoche con David. Que lo veía de lejos subiendo por un tramito de escalera a un mezanín para tomar allí el ascensor, y que yo le decía: «Yo también voy por el ascensor pero lo tomo aquí abajo. En el décimo nos vemos». Estaba con la maleta del equipaje nuestro frente a un revisor de un edificio desconocido, que iba examinando a la entrada los equipajes de los que iban llegando. Yo abrí nuestras maletas humildemente y mientras esperaba mi turno pensé: «Para qué tendrán en un hotel a un hijueputa revisando». El susodicho la miró con desprecio, y tirando la cabeza con un golpe seco hacia arriba, signo de desprecio infinito por mí, me indicó que podía pasar. Pasé con las maleticas y entré al ascensor repleto de gente. Paraba en todos los pisos, piso por piso. Y bajaban o subían más. Iban entrando y saliendo. Al llegar al 10 no paró, siguió para arriba. Llegué al tope del edificio y echamos otra vez para abajo. Marqué el botón del 10 con el índice (después de habérmelo escupido para que me trajera buena suerte), y lo mismo: no paró. Se siguió para abajo. Y yo subía p'arriba y bajaba p'abajo como los españoles, y el ascensor no paraba nunca en el 10, me escupiera o no me escupiera los dedos. Y el edificio no tenía escalera. Si me pudiera bajar del ascensor, una vez afuera llamaría a David por el celular, porque a veces dentro de los ascensores los celulares no funcionan. Pero David no tenía celular.

Ni yo. Fue la última vez que vi a David, diciéndome adiós con la mano en el sueño, y me desperté llorando. Brusca estaba a mi lado y se apretó contra mí porque me sintió desconsolado. Pero Brusca no llegó a verlo a él muerto. La encerré en el cuarto de en medio mientras en nuestra recámara lo ayudábamos a morir y hasta que los de la funeraria vinieron y se lo llevaron. No sé si le cerré los ojos a David. A Quina no, por la desesperación, después de haberle puesto la inyección que la durmiera eternamente para que no sufriera más. Me siguió mirando desde la eternidad con los ojos abiertos. Así se la llevaron y hasta hoy me sigue mirando. Solo días después de que se la llevaran en un costal para cremarla entendí que me seguía mirando porque por la desesperación no le había cerrado los ojos.

¡Claro que soy repetitivo! Me repito y me repito y me repito. Me repito en mis actos y me repito en mis sueños. Siempre los mismos actos, y siempre los mismos sueños. Yo no soy responsable de mis sueños ni de mis actos, soy un robot. A mí no me puede juzgar nadie si mato a alguno.

—¿Y con qué lo mató?

—Pues con un cuchillo. Para qué pregunta si ya sabe. ¿No leyó la autopsia?

—¿Y por qué lo mató?

—No fui yo, fue otro. El que se metió en mí.

—Entonces usted es un poseso.

—Y usted un estafador que le roba a la sociedad cobrando un sueldo por hacer justicia. Nadie puede hacer justicia en este mundo y menos cobrando. La justicia solo la puede hacer Dios, y la hace gratis. A nadie más reconozco como juez. Usted es un leguleyo.

—Y la *concierge* que cianuró en París, ¿también fue obra del poseso? Y el gringuito que despeñó en Granada, en las afueras, por un rodadero, ¿también lo despeñó el poseso?

—Sí.

—¿Sí qué? ¿El uno o la otra?

—Los tres. Sucesivamente o no, los tres fueron obra de un poseso. La respuesta es sí. De un poseso.

Busqué en Internet, en la Wikipedia, a Günter Sand, que estudió conmigo en Roma en el Centro Experimental de Cine (pero él producción, no *regia*), donde lo vi varias veces, a ver si ya había muerto para ponerlo en la libreta. Respuesta positiva. Que había muerto hacía varias décadas de sida. Cosa que le creo a la Wikipedia porque él se vestía de mujer y se iba a los bares peligrosos de Roma a buscar hombres. «¿Y quién le contagió el sida?» le pregunté a la Wikipedia. Silencio total, mudez absoluta, no sabía. La Wikipedia no sirve para un carajo. Ni el Internet. El único que lo sabe todo es Dios. Yo no sé por qué pierdo tanto tiempo en ociosidades cibernéticas. O sí, por culpa de Quintero, el pestífero que nos encerró. Busca la presidencia, y para hacerse ver y que nos estaba sirviendo como todo un servidor público, hundió a Laureles en unas oscuridades como las de su conciencia. A los desechables los dejó reproducirse sin freno, para que proliferaran e invadieran un barrio indefenso. A lo sumo aquí en Laureles uno alcanzará a defenderse con un cuchillo de cocina. Cinco casas para invadir son las que quedan en pie en Laureles. El resto las tumbaron para construir en sus lotes edificios y que en ellos se hacine la gente y se jodan. Que se peleen por el aire que respiran. Yo por lo menos no tengo en Casablanca condóminos.

Colombia disfruta de la precipitación pluvial más brutal del planeta. Aquí sequías no hay, pero la lluvia acaba con lo que toca. Raja techos, tumba paredes, destruye casas, ahoga las enredaderas, no sé qué está pasando. ¿Será el cambio climático? Homicidios en Laureles más bien pocos, pero no digo que cero. Uno que otro viejo que matan los carros o las motos, controlando algo la proliferación de adultos mayores en Colombia. A este país le sobran bebés y viejos. ¡Pero no lo pude arreglar yo! No solo hay que controlar la natalidad aquí. También la vejez. Que le toque el control también a ella. O es que se siente muy segura… Y se acabó la semana y se acabó el mes y se acabó el año y se acabó la vida, ¡y adiós problemas y jueces! Me querían juzgar como un ente de razón y condenar, pero como se dice en Colombia, los dejé mamando en el aire.

Además de la libreta de los muertos llevo una de los vivos perdidos, en la que voy anotando, cuando me acuerdo, a vivos que conocí y de los que no sé después de años o décadas, con la consecuencia de que desconozco en calidad de qué están: si de vivos o de muertos. Cuando logro constatar como «fallecido» (así les dicen) a uno de estos dudosos, ¡qué alegría la que me da, ni se imaginan! Es un día feliz para mí en el que paso a uno de una libreta a otra. Solo una vez ha habido un retorno: Mónica Vitti, a la que tuve que borrar de muerta porque Luis Ospina me mostró que en Internet seguía viva. Pero a mi querido amigo Luis poco después de su substracción lo pude anotar, ya salió de esto. Y el Registro Público de Cadáveres no sirve, no he sacado de ahí ni un solo muerto. No pierdan el tiempo en él, hay que buscar por otro lado. Los amigos de mis tiempos que me quedan, dos o tres, los estoy esperando pa ponerlos en la libreta del descanso. Del descanso eterno, que quién sabe cuánto dure… Que nadie hable de lo que no conoce, y que no se meta a novelar, que este género no da para el que no haya vivido. Al que no le hayan pegado una puñalada en el corazón por lo menos, o que no la haya pegado él mismo, que calle. Hoy en día sacan novelas como pollos de una incubadora. Noooo, esto no es así de fácil, hay que vivirlas y meditarlas mucho.

Los muertos nuevos y los vivos perdidos me hacen mucho daño porque me pueden desconectar de una red. Los humanos son gregarios, forman grupos, redes como las del Internet. Y se enchufan, se conectan, hablan, dicen, cuentan. Para adelantar mi libreta, desgraciadamente, dependo de los demás, no soy autosuficiente. ¡Dios me libre de perder un *link* que me lleve a un muerto! Con tan pocos muertos como tengo, mil doscientos treinta y dos en total en el día en que escribo estas líneas, si hoy me muero mi libreta va a quedar valiendo un carajo en las subastas de Sotheby's y Christie's. Hay que aguantar pa poder engrosar el cementerio.

Anoche me fue mal con los sueños. No dormí bien pensando en los muertos que se me estaban desperdiciando. Y cuando por fin logré pegar unos minutos los ojos, soñé con Vicky Dávila: que se me venía encima micrófono en mano:

—Dígame cómo se llama el presidente Duque de Colombia pero rápido, ya, que el país quiere saber.

—Ay, Vickycita —le contestaba—, no me acuerdo, perdí la memoria.

—Conteste, que usté no sabe con quién se mete, no sabe quién soy yo.

—Yo sí sé, Vickycita: la esposa de Sánchez Cristo.

—Aaaaah, ¿no dizque no sabía? ¿No dizque tenía la memoria perdida? Le voy a contar a mi marido que no quiso contestar pa que le pegue.

Me desperté bañado en sudor. No tomen Alprazolam ni Zopiclona, que no sirven. Dos estafas más de la Industria Farmacéutica Mundial, que fabrica placebos que llama remedios. A mí no me duerme un mazazo en la cabeza. Gozo de lucidez permanente.

Hay en Internet un sitio mágico en que uno puede sintonizar emisoras de montones de países de los cinco continentes del mundo. De Francia, de Cuba, de España, de China, la India, el Japón, Indonesia, islas del Caribe, etcétera, etcétera, y uno oye hablar los idiomas más diversos que pueda haber: mandarín, hindi, bengalí, turco, coreano, urdu, cantonés, tamil, tuareg, tagalo, tibetano, udmurto, totonaco, caca… Pero esto no es lo más asombroso. Lo asombroso es que merced a una aplicación que me mandó por email el Espíritu Santo los entiendo más o menos bien todos, y por todas partes están hablando ¿saben de qué? De la oscuridad que se abatió sobre el barrio de Laureles en Medellín, Colombia, por obra y gracia de su alcalde el pestífero, que nos puso en el mapamundi. Sentí un orgullo patrio… Dentro de poco el día menos pensado van a ver que van a ver lo mismo en imágenes, de aquí, de allá, de acullá… En un mapa nocturno verán lucecitas pequeñas que corresponden a pueblos o ciudades chicas, y otras luces más grandes que corresponden a ciudades grandes: Nueva York, París, Tokio, Pekín, etcétera, para que ustedes vayan haciendo clic. Verán también una luminaria que les llamará la atención, un faro enorme que corresponde a la Casablanca de Laureles en Medellín, Colombia. Yo ya no estaré para verlo. O tal vez sí. Brusca dirá.

Aparte de ciego y desmemoriado me estoy quedando sordo, pero aunque entiendo los idiomas que les digo por lo que les digo, no soporto la alta frecuencia con que hablan las mujeres anglosajonas, inarmónicas y chirriantes, como lengüetas de oboes o gargantas de cabras. Su tono hiere mi sistema auditivo central, me irrita, me desquicia las células sensoriales de la base de la membrana basilar de la cóclea. Hay una en especial que detesto: la presentadora estrella de NBC, me dan ganas de matarla. Sufro un trastorno psicoacústico, del que seguramente el profesor Vélez sabe muchísimo. Él entiende de todo. O mejor dicho, sabe. Por comunidad de lenguaje y por el interés que tenemos ambos en las muchas ciencias, estoy seguro de que si me meten preso irá a la cárcel a visitarme. Estamos sintonizados. Él no sabe lo que yo sé, pero yo sí sé lo que él sabe. Y tampoco es que sea tanto. Él no sabe como yo desde el *Big Bang* hasta el *Homo sapiens*.

Entre tanto mendigo que viene a Casablanca a pedir, hoy tocó el timbre un evangélico. Me asomé por la reja a ver, y venía a hacer propaganda, con el cuento de que Jesús me ama

—¿Y usted lo ama a él? —le pregunté.

—¡Claro! —contestó.

—Entonces los dos son maricas.

Y me metí rápido a la casa antes de que me mandara una puñalada por la reja. Aquí no dejan escribir. Tocan, tocan, tocan. Piden, piden, piden. Llueve, llueve, llueve. Por donde mire estoy jodido.

—¿Y por qué no se va entonces de Colombia? —me preguntó un periodista delante de mi público en un acto público.

—Por joder a los hijueputas que me lo preguntan —le contesté.

Y quebré una botella que tenía sobre el podium por si se me venía encima tener con qué defenderme. El que viva en Colombia vive en peligro permanente de atraco y muerte. Bosnioherzegovinos, ya les dije, quédense allá. No toreen a la Muerte aquí, que es muy brava. ¿Quién es ese Jesús que invocan tanto en las emisoras de Antioquia? Si es Jesús Montoya, ese es amigo mío… Le encantan los muchachos y no le han dejado tiempo para leer ni siquiera la Biblia y el Quijote. Mejor dicho le encantaban, porque ya se hizo anotar en la libreta: lo cosieron de veinte puñaladas. Así eran los amigos míos de antes, muy viciosos e iletrados. Queda Argemiro, el de los venezolanos. Tiene un harem de venezolanos que le llegó como cargamento de arepas del país de la Revolución Bolivariana. No se da abasto, como decía mi abuela. Atiende aquí y atiende allá, nunca ha estado tan ocupado en la vida. No le queda tiempo de leer. «Argemiro, por Dios, leé por lo menos la Biblia». Oídos sordos. Él está sordo.

Estoy durmiendo bien y me despierto fresquecito y pienso: «No hubo ninguna resurrección de Lázaro, esos son cuentos. El que despierta resucita». Y resucitando a Brusquita la exhorto: «A tierra, niña, que vamos a echar a andar el día». Se refriega los ojos mi amorcito tratando de despertarse. Se me hace que estaba soñando con México. Tocan. No abro. Son mendigos o evangelistas que vienen a pedir o a engañar. No doy, no creo, no aguanto más el desastre, estoy muerto. Vivir en casa en Medellín equivale a vivir en edificio con condóminos en México. El ser humano ya no tiene dónde meterse. El planeta se jodió. Acabaron con el Espacio. Como pa poner estas frasecitas en la fachada de Casablanca, en el antejardín, encima del letrero que ya tengo, y que reza: «No orine aquí que seca el árbol. Ni deje en el pasto lo que no quiere que le dejen en su casa». Y subiéndose los pantalones un desechable, cuando le mostré el letrero, me contestó con un genio del putas porque lo estaba interrumpiendo:

—No tengo casa.

—Recoja entonces lo que hizo.

—No. Llame a la policía.

Y se fue, lanzándome por el mofle una fiesta de ventosidades. ¿Y qué hace el alcalde Quintero? ¡Qué va a hacer Quintero! Él ocupado en su peste. Pues ya sé lo que voy a hacer yo con los desechables. Un baldado de agua hirviendo vale más que mil palabras.

Meditando sobre lo anterior, me doy cuenta de que el desechable sabía leer pues cuando le señalé el letrero lo entendió. Algo han hecho los políticos por la alfabetización de Colombia. La Iglesia nada. Mentir y mentir, pedir y pedir. Gracias a Dios los curas ya van de salida, pero ahí vienen con sus picos encendidos y sus avorazadas manos los pastores protestantes. Como quien dice, después de maremoto incendio. Dios es sabio, administra muy bien el Espacio, no deja nicho vacío. Y lo que no tumbó con su maremoto de mil setecientos no sé cuántos en Lisboa, lo arrasó en un santiamén con un incendio. Murieron unos en uno, los otros murieron en el otro. Voltaire estaba indignadísimo con Él. E igual todos los filósofos de la Ilustración. Hasta ese día creyeron en la bondad de Dios. ¿Pero quién se acuerda hoy del maremoto con incendio de Lisboa? ¿Quién se acuerda de Voltaire? ¿Quién de los filósofos de la Ilustración? ¿Qué se hicieron? ¿Qué se fizieron? Los tengo yo almacenados en mi memoria. Ahí quedarán hasta que no venga Alois a borrar y a borrar y a borrar.

Me hablan y contesto: «¿Que qué? Hable duro que no le escucho». Aquí «duro» es «fuerte»; y «no le escucho» es «no le oigo». Y después dicen que en Colombia se habla el mejor castellano. No hay tal. Los países hispanohablantes zarandean y atropellan cada uno por su lado a este indefenso idioma, y entre todos lo tienen vuelto una colcha de retazos cagada.

Por culpa de la divagación idiomática me quedé en el aeropuerto de Bogotá en la sala de equipajes esperando a que saliera entre los equipajes la jaula con Brusca. Una maleta, otra maleta, otra maleta… No salía, no aparecía, ¡dónde estará! Viéndome mi angustia en la cara y al borde de otro infarto, un amable señor, un alma buena, un buen samaritano, me dijo que a lo mejor me habían extraviado las maletas.

—No traigo ninguna maleta. Lo que estoy esperando es una jaula con mi perra. Me la dejaron en México y allá se me está muriendo. O siguen con ella para el Perú. ¿Y cómo la recupero? Se me va a morir de un infarto.

—No, no se preocupe que no se le muere. Si viene en una jaula, mire detrás de usted. ¿Sí ve esa bandita que está girando allá? ¿Sí la ve? Por ahí salen los equipajes grandes.

—Mi Dios le pague —le contesté y corrí hacia la bandita.

Y sí, a mis espaldas estaba la bandita girando, como a unos diez metros. Lo que pasa es que yo no veo por detrás, y por delante a duras penas distingo. Por lo demás la bandita estaba girando sí, pero vacía. Pasaron cinco minutos eternos, pasados los cuales salió una maletota grandotota, como de la difunta María Félix, y no la recogió ningún vivo: siguió su camino rodando sobre la banda vacía hasta que desapareció. Cuando de repente, ¡pum!, por el otro extremo, abriendo la cortinilla de caucho salió la jaula de Brusca con Brusca, mi niña, mi amor, la única razón de mi existencia y de que siga vivo aguantando este país de mierda porque cuando ella no esté me les voy a pegar un tiro en el corazón en plena Catedral de Medellín, en la Basílica, la iglesia más grande de ladrillo cocido que hay en el mundo, frente al altar mayor, como mi última protesta contra Dios y el ser humano. Van a ver… Le voy a dejar a la antioqueña curia tirado en el suelo el cadáver para que me hagan mis buenas honras fúnebres y digan, en el sermón mal pronunciado y escrito, que en su Bondad Infinita Dios me había perdonado. Sinvergüenzas, mentirosos, degenerados. «Brusquita, amorcito, ¿cómo vienes?» le dije. Y al no poder bajar al suelo la jaula yo solo por lo pesada, se la fue llevando la banda giratoria y desapareció por la cortinilla. «¡Quién me ayuda, por Dios! —pedía a gritos—. ¡Que tengo que sacar una jaula de ahí con un animal vivo!» ¡Cómo sería mi desesperación que traté a Brusca de animal! Vino un maletero (el único que quedaba en el planeta), y cuando volvió a aparecer la jaula, entre los dos la bajamos de la banda al piso. La quería yo abrir de inmediato pero venía cerrada con unos seguros de plástico terroríficos que solo se pueden abrir con un cúter.

—¿Me presta su cúter? —le dije al maletero.

—En el interior de El Dorado no se pueden portar armas cortopunzantes —me contestó—. Hace una semana un pasajero degolló a otro con un cúter.

—¿Y qué hago entonces?

—Usté tranquilo. Vamos a seguir con la jaula hasta la salida de allá, donde está el ICA, y ellos sí tienen cúter y le cortan los seguros.

En el ICA o Instituto Colombiano Agropecuario había de enfrentarme a los burocráticos trámites de importación de mascotas. El ICA es la contraparte colombiana de la mexicana SAGARPA-SENASICA, donde en el curso de cinco angustiosos días tramité la salida de la que sus jijueputas empleados llamaban, como los de acá, «su mascota».

—Para entrar su mascota al país tiene que pagar 50 mil pesos —me dijo el empleado del ICA.

Saqué un billete de 50 mil pesos. Yo por costumbre cada vez que viajaba entre México y Colombia andaba con billetes colombianos y mexicanos.

—No puede pagar en pesos colombianos —me informó el funcionario.

—Le pago entonces con dólares.

Y le extendí un billete de 10 dólares, que era más o menos a lo que equivalían los 50 mil pesos colombianos.

—No puede pagar en efectivo. Tiene que ser con tarjeta.

—¿Y por qué?

—Por disposición oficial.

—¿Y para qué esa disposición oficial?

—Para que quede constancia bancaria y ningún empleado se robe la plata.

—¡Ah sí! Para que no se roben unos míseros 50 mil pesos van recogiendo de cincuenta mil en cincuenta mil hasta que ajustan cincuenta mil millones de trillones para que se los robe juntos el Presidente, o su Ministro de Hacienda, o el que dirige la DIAN. Yo no pago nunca nada con tarjeta porque tengo en el banco mucha plata y no quiero que me saqueen la cuenta.

—No se sulfure, señor, que eso tiene remedio. Yo pago con mi tarjeta y usted me da los diez dólares.

Le di veinte. Sacó un cúter y cortó los seguros. Abrimos la jaula y fue saliendo Brusca toda atembada, como decíamos cuando me fui de muchacho de Colombia, ahora no sé cómo se dirá.

—Mi amorcito… Por fin.

Y la abrecé con lágrimas. Casi no se tenía en pie. Tambaleándose ella y yo ayudándole a caminar salimos de la inmensa sala de recuperación de equipajes y por un pasillo llegamos a la entrada del aeropuerto, donde esperaban los amigos y los familiares de los que llegaban.

—¡Fercito! —gritaron—. ¡Por fin llegaste! ¡Y esta es Brusquita! ¡Hermosa!

Eran mis hermanos Carlos y Gloria que habían venido en carro desde Medellín (como a quinientos o mil kilómetros) por mí, como les había pedido porque por avión con Brusca en una jaula no podía llegar directamente.

—Démosle agua primero —dijeron.

Y le sirvieron de una botella, y en un platón hondo que traían, agua de Evian. Brusca le dio un lengüetazo y ya. En otro platón le sirvieron rebanadas de jamón serrano, pero no quiso. No quería comer.

—¿Brusquita no es carnívora? —preguntó Gloria.

—Sí. ¡Qué remedio! —contesté avergonzado—. Lo que pasa es que todavía está atembada por los efectos del tranquilizante que le di en México.

—¿Qué es lo que quiere decir «atembada»? —preguntó Carlos.

—Pues empendejada, güevón —contestó Gloria.

Y mientras salíamos con Brusca caminando (la jaula se la regalé al primer desechable que extendió la mano a la salida cuando íbamos por el carro) reflexionaba sobre lo efímera que es la vida humana y lo cambiantes que son los idiomas. Si hubieran dormido a Julio César en una cápsula de hibernación, y al despertarlo hoy le hubieran hablado en español, en francés, en italiano, en portugués o en rumano, no habría entendido ni jota. El latín de Julio César se había vuelto incomprensible para los romanos clásicos.

—Llamen a un cura para que le diga en latín al César que acaba de despertar en Colombia.

—¡Y de dónde sacamos un cura, si se acabaron, y el latín hoy no lo habla nadie! Ni el papa. Papa Francisco rebuzna.

Esos son diálogos internos míos, no hagan caso y sigan, no se desvíen. Nos subimos al carro ¡y pum! ¡Por tierra rumbo a Medellín, Colombia! Caía el Sol en el horizonte. Esta estrella pendeja (una enana entre sus hermanas de la Vía Láctea) se pone siempre en el horizonte, y tras pasar la noche afuera (quién sabe haciendo qué), vuelve a salir por el Oriente, limpio y bañado. Yo soy como él. Subo y bajo, salgo y entro, voy y vengo.

La salida de Bogotá nos tomó tres horas. Tres horas. ¡Qué trancón tan hijueputa! Carlos llevaba puesto el GPS (que creo que es como se llama), que lo iba guiando, le iba diciendo: «Por aquí. Por allá. A la derecha. A la izquierda. A veinte metros una rotonda. En la primera salida un hospital». ¡Qué complicación, qué caos! Era imposible salir de la maraña. Subíamos puentes, bajábamos puentes, nos embotellábamos, nos desembotellábamos, preguntábamos, no nos contestaban…

—Carlos, fijate a ver si tenés sintonizado a Bogotá en el GPS, no vaya a ser que el aparato te esté guiando en Nueva York.

—El GPS nunca se equivoca, lo controlan por satélites.

—¿Ah sí? ¿No se equivoca? ¿Y entonces por qué no anunció el puente elevado que acabamos de pasar por debajo?

—Porque lo construyeron ayer.

—Nunca has vivido en Bogotá y ya hablás como si hubieras vivido aquí toda la vida. Vos estás como las criadas mexicanas que para todo tienen una respuesta en la boca. «Florencia: ¿por qué si le he dicho tantas veces que suba por el ascensor de servicio y no por el de los señores usted toma siempre este?» «Don Fer, yo siempre entro abajo por el del servicio, y me saca arriba por el de los señores».

Bajé el vidrio de la ventanilla para que Brusquita respirara un poco de smog colombiano y viera las luces de la ciudad que iban pasando afuera, pero seguía marcada. «Mi amorcito, mi niña hermosa» le decía y le besaba la cabeza y le acariciaba el hociquito. «Vas a ver lo feliz que vas a ser en Colombia. Te voy a llevar a la finca La Cascada para que conozcás los caballos, las vacas, los marranos, los gallinazos… ¡Vuelan tan hermoso y tan alto! Y para que te pegués tus buenas carreras en la manga y te bañés en el lago. Ahí aterrizan las garzas. ¡Vas a ver qué verraquera!» Con todo y lo atembada que estaba, mi niña ya entendía el colombiano.

Salimos de Bogotá, por fin (de milagro), a las 9 de la noche, y tomamos de bajada hacia Villeta, un pueblo de tierra caliente, el antiguo veraneadero de los ricos capitalinos. Una especie de Côte d'Azur en el trópico, con fincas de millonarios y hoteles de cinco estrellas. A la entrada de Villeta, que se veía abajo pues después de bajar mucho subíamos mucho y ahora íbamos a seguir bajando, tuvimos que detenernos en un altico, en un paradero de camioneros, que no tenía, por supuesto, baño, o sea inodoro, y yo a fuerza tenía que orinar pues aunque no tengo problemas de próstata sí los tengo mentales y muchos: soy un barullo de nervios. Al bajarme, Brusca, a la que le tengo siempre puesta la correa del cuello con su identificación, y que cuando salimos me sigue atada a una traílla o cadena porque si la suelto para que camine a mi lado como un perro decente corre como una loca y me la mata un vehículo. Pues ahí, yo bajándome del carro y en plena carretera de cafres, por seguirme quiso salir también y le grité desde afuera aterrado: «¡No, Brusca, métete!» Y como la tenía sujeta por la traílla, al obedecerme dio un tirón hacia atrás y me tiró contra el borde de la capota del carro. ¡Taaaas! No me rompió la frente y me sacó por entre el hueso los sesos por razón del ancestro: porque mi abuelo materno, Leonidas Rendón, era cabeciduro, cabeciduro, cabeciduro. De segundo apellido era Rendón. Y del tercero. Era Rendón Rendón Rendón. Un Rendón al cubo de obstinación terca. «Ay, Brusquita, casi me matas!» Y mientras orinaba, pasaban los camioneros cafres a unos centímetros de mis espaldas, haciendo «Shhhhhhh…» con sus trucks. Cuántas veces no me he visto en peligro de muerte ¿diez? Diez son pocas. En mi saga *El río del tiempo* cuenten y verán. Me mandaron una puñalada al corazón, y le desquité.

Mientras bajábamos al centro de Villeta desde la cumbrecita de los camioneros, de curva en curva y de calle en calle, íbamos parando y preguntando: «¡Señor! ¿Dónde hay un hotel por aquí?» «¡Uy! —contestaban—. Hay más de veinte». Y sí. Veinte hoteluchos de quinta. Ni uno limpio. Ni uno apacible. Ni uno silencioso. A las 12 de la noche, todos con el radio a todo taco. Y en ninguno, ni en los de quinta, ni en los de sexta, ni en los de séptima, recibían huéspedes con perro. ¿La Côte d'Azur de Colombia? ¿La Riviera sexy y rutilante del país de las esmeraldas donde el sexo abunda como pa tirar p'al zarzo? Por fin, en el más mísero de todos los hoteles del mundo nos recibieron con Brusca: nos asignaron un cuartucho con dos camas, por lo menos espaciosas porque con semejante calor todos hacinados... ¿Las sábanas? Dudosas.

—Carlitos y Glorita: ¿En estas sábanas no agarraremos una roña?

—¡Qué va! —dijo Gloria, que es risueña y optimista, que toca piano y baila milongas y se burla de todo el mundo e imita al que sea no bien le den la espalda—. A estas edades a ninguno de los que aquí se ven se nos pega nada.

—Yo lo decía por Brusquita...

Nos acostamos en los dos camastros así: Carlos y Gloria en uno, Brusquita y yo en el otro. Y los cuatro nos dormimos como muertos. Yo abrazado a Brusquita, tranquilizándome.

A las 5 de la madrugada, cuando todavía ni aclaraba, me levanté y me fui al baño a examinarme la cabeza. Como yo vivo en un solo temblor... En el espejo rajado me vi en la frente un enorme cuerno como del Renacimiento. Me dije: «Me voy a lavar la cara para acabar de despertarme y despertar a los otros a ver si retomamos el viaje». ¡Con qué agua! ¡No había agua! Ni en el lavamanos, ni en el inodoro, ni en la ducha. ¡Cuál ducha! Estaba oxidada. En el país de la lluvia, en la megápolis de Villeta no había agua. ¿Y si me pinchaba con una aguja el chichón? Mejor no, no fuera que por el huequecito del pinchazo se me saliera la inteligencia. ¡Conque el veraneadero de los ricos! ¡Conque el paraíso en que la noche tropical brilla con fulgores de lujuria!

A las 5 y cuarto de la madrugada estábamos refregándonos los somnolientos ojos en la somnolienta entrada (o sea salida) del hotel, pagamos la cuenta y a las 5 y veinte ¡en camino rumbo a Medellín a todo lo que daba el verraco carro!

Abrí las ventanillas del asiento de atrás, en el que íbamos Brusca y yo, y un vientecito de campo abierto empezó a acariciarnos la cara. ¡Qué felicidad, estoy en Colombia, la dicha sí existe! Por poco Carlos no se choca con un camión de lo felices que íbamos y nos deja en papilla.

—Una cosa sí les digo, Gloria y Carlos: Villeta se me hizo fea. Muy fea. Lo que se dice fea. ¿Qué sigue después de ese cagadero?

—Guaduas —contestaron en dúo, porque andan muy sincronizados.

Y llegamos a Guaduas. Hermosa, y me reveló un personaje insospechado y maravilloso de Colombia: José Antonio Galán, el comunero. En una placita le habían dedicado un monumento: un cadalso con una cabeza encerrada en una jaula. La suya. Se la cortaron los españoles porque se rebeló contra el rey Borbón de España ¡treinta años antes de que estallara nuestra Independencia! Hoy, doscientos cincuenta años después del crimen, España, la que lo mató, sigue igual, padeciendo arrodillada su muy merecida peste borbónica. Nosotros por lo menos nos libramos de ella y hoy gozamos de cabal salud. Un gran presidente nos gobierna: Duque. ¿Pero cómo es que se llama? ¿Cómo es que lo puso el cura en la pila? ¿Álvaro? No. ¿Juan Manuel? No. ¿Cesarcito la Perla del Otún? Tampoco. Esta perla está casada con una belleza del sexo fuerte. ¡Qué memoria tan rara la mía! De todo me acuerdo pero todo se me olvida.

En estos momentos, en el patio de atrás, Brusca está extendida al sol tomándolo, en plena placidez como una odalisca de cabaret. Se ha amarilleado mucho por el sol de Colombia, se ha «engüerecido». Al llegar era amarilla pero poco. Ahora es una «güera», como les dicen en México a las rubias. La güera Brusca es lo más hermoso que hay. Más que la güera Marilyn Monroe. ¡No haber conocido yo a Marilyn para haberla puesto en la libreta! ¿Se acordará Brusca de que en Guaduas vimos la cabeza en bronce de Galán metida en una jaula? «¿Te acordás, Brusquita, de la cabeza de Galán y lo conmovido que estaba yo? Solo uno salva a Colombia, amorcito: José Antonio Galán. El resto es mierda».

—No le hablés con groserías a tu perrita —me reprochó un día Gloria.

—Bueno, te voy a hacer caso, me voy a abstener —le contesté.

¿De qué es de lo que me tengo que abstener? ¿De la carne? Hace años que no la pruebo. Se me olvidó a qué sabe la carne humana.

Anoche soñé con México. Que iba en el Metro, que es subterráneo, pero al que le habían tenido que sacar provisionalmente un tramo a la superficie por el incendio que estalló en la Central de Control de la calle de Delicias y que inhabilitó tres estaciones, y ahora el tren tomaba por la Avenida Francisco del Paso y Troncoso, que yo no conocía, pero que se me hizo muy dejada de la mano de Dios. En sus bardas se anunciaban, en anuncios raídos por la acción de Cronos, bailes de fin de semana de hace treinta o cuarenta años. Me bajé del tren y en la primera Máquina del Tiempo que encontré me monté y me fui a uno de esos bailes y ahí conocí a una muchacha bonita. Nos fuimos a acostar y tuvimos un hijo porque ella no quería pasar por esta vida como el viento sin dejar huella. Creció el hijo, se metió en la

151

banda del Chapo Guzmán, le robó un cargamento de coca, se lo gastó en mujeres y tequila, lo decapitaron y el cadáver sin cabeza lo colgaron de un puente. La cabeza nunca apareció. Mi novia, la mamá, no la volví a ver. A lo mejor hoy es una viejecita arrugada que se acuerda con nostalgia, al lado de la chimenea chispeante y tiritando de frío, de lo bien que bailaba el colombiano.

Mi vecino de la izquierda (porque a falta de condóminos verticales aquí tengo vecinos horizontales) es un pastor evangélico que les predica con fervor a sus ovejas el Evangelio. Que Dios te ama, que Cristo también, que la Virgen no hace falta pero que él necesita semanalmente no sé cuánto para sus gastos. Y esquilma a sus ovejas, unos pobres albañiles de la que aquí llaman «Industria de la Construcción» (yo no sabía que la construcción era una industria). Les saca medio sueldo y hace bien, el apoyo psicológico cuesta caro. ¿Cómo es que se llama el que se inventa enfermedades? La Wiki dice que «hipocondríaco». Pues eso es lo que es mi vecino el pastor, un hipocondríaco que se gasta en medicinas lo que ovejea; en placebos de la Industria Farmacéutica, que es lo que fabrican estos ladrones. Y aquí existe la sinvergüencería llamada el SISBEN: Sistema de Identificación de Potenciales Beneficiarios de Programas Sociales, que les da salud gratis a 40 millones de colombianos pobres subsidiados por nosotros los ricos. «¿Y vos por qué no entrás al SISBEN?» le pregunté al pastor. Ah, no, él no quería estar entre esa cantidad de pobres, que él prefería que lo atendieran como rico. ¡Claro, rico gracias a la pobreza ajena! Religión que pide es religión que estafa. El fundador del cristianismo, Pablo de Tarso, mantenía la mano extendida. Me dejó de una pieza el evangélico. Mientras más envejece uno, más conoce el alma humana. El hombre es tan malo que inventó a Dios, y de Dios viven no menos de cien millones de clérigos en el mundo según la Wiki.

Me encontré con un señor con tapabocas (por la peste) que me saludó contentísimo:

—¡Qué alegría! ¡Qué alegría! ¡Qué alegría!

—¿Y vos quién sos? —le pregunté.

—¿No me reconocés?

Y se quitó el tapabocas. Y era un viejito de barba blanca muy feo. Lo miré de arriba abajo detenidamente y le contesté con unas emes que no hay forma de transcribir, y que suenan más o menos «Mmu mmu», como con una *u* pero sin ella, y que aquí, donde hablamos el mejor español del mundo, significan que uno no sabe.

—¡John Jairo Echeverri! —exclamó triunfalmente.

John Jairos Echeverris había en Medellín, Antioquia, por montones hace sesenta años. Incluso se decía aquí que el primer papa colombiano se iba a llamar «John Jairo I». Y yo les contestaba: «No sean ignorantes, que al primer papa de un nuevo nombre que no tiene antecedentes en el papado no se le pone ordinal. Digamos que si llega un papa que se pone Francisco, no se va a llamar Francisco I sino Francisco a secas. Si luego viene otro que se pone también Francisco, entonces al vivo se le llamará Francisco II, y al muerto se le agrega el primero: Francisco I. ¿Entendieron?» No entendieron un carajo, ni les importa nada, ni saben de nada, ni quieren trabajar, solo ver fútbol y vivir de puente en puente.

—No me acuerdo, John Jairo, sinceramente —le contesté en un tono lastimero, como pidiéndole perdón.

—¿No te acordás que nos fuimos una noche, Chucho Lopera, vos y yo, a un hotelito del barrio de Guayaquil? Había que subir por una escalera.

—Aaaaaah… —contesté—. ¿Y qué ha sido de la vida tuya?

—Tuve cuatro hijos (a dos ya los mataron) y me han dado veinte nietos.

Cuando nos despedimos me fui pensando: «¡Qué tal los maricas de Colombia! Tras pecar contra natura en un *ménage à trois*, se reproducen y cuando se mueren o los matan dejan a los hijos huerfanitos».

¿Pero con quién hablaba? ¿En quién pensaba? ¿A quién quería matar? Hoy a nadie. Mañana Dios dirá. Hoy es la memoria la que me falla, aunque termino acordándome siempre de lo que necesito. Lo que pasa es que tengo la mansarda del cerebro atestada, y para sacar de ahí una silla, tengo que mover un piano de cola yo solo. Hoy, en mi paseo vespertino con Brusca al parque de La Matea, se nos vinieron encima a pedir, uno tras otro, tras otro, veinte desechables. Y en el acto suicida del cruce de las colombianas calles, un bus primero y luego tres motos nos tiraron a matar. Y cuando llegamos Brusca y yo de vuelta a la paz de Casablanca, deshechos, rendidos, muertos, me olió raro. ¡Claro, lo que me faltaba! Mierda en los zapatos. Colombia te remata, *velis nolis*. Esta noche me tomo una caja entera de Zopiclona para dormir aunque sea el sueño eterno. ¡Malditos sean los desechables! ¡Malditos sean los condóminos! ¡Necesito una bomba atómica!

—Y aquí tienen, señoras y señores, a la mujer más hermosa de Colombia y México, la Güera Brusca, ¡Miss Universo!

Y el público, levantándose al unísono como una sola máquina de mil piezas impulsadas por mil resortes, la reciben con una *standing ovation*. ¡Qué tempestad! A mí los aplausos me suenan como aguaceros.

Sin embargo hoy me toca ir a hacer las compras diarias al Éxito, lo que considero una maldición, hagan de cuenta una misa de tres curas cantada. Veinte cajas con veinte cajeras y veinte filas de veinte amas de casa con sus carritos, sus carrotes, repletos de abarrotes y porquerías. En los Éxitos venden mucha porquería. Y fíjense que no dije que «todos los productos» que venden en los Éxitos son porquería. No. Dije «muchos». «Muchos» no son «todos». Todo en esas tiendas no es una porquería: casi todo. Productos nuevos recién salidos al mercado, por ejemplo, y que las viejas compran para probar. «Muy mala esta leche que sacaron —dicen—. No vuelvo a comprar de esa». Se les olvida la marca, y vuelven a comprar de esa. Los proveedores son tan maliciosos y corruptos que no les ponen en los empaques qué es lo que contienen adentro. Por ejemplo, no le ponen a la bolsa de plástico transparente «azúcar». ¿Por qué? ¿Para qué? Para que el que necesite comprar sal compre azúcar y ellos vendan y el cliente se equivoque. Son unos maliciosos, unos estafadores, unos corruptos. ¿Me creerán que hay una marca de servilletas que se llama «Expert»? ¡Para qué tiene que ser uno un experto en servilletas cuando se limpia el hocico con una de ellas! Pero tienen razón, van a ver por qué uno sí tiene que ser un experto para poder comprar servilletas. Antes yo compraba de la marca «Elite», porque eran grandecitas y anunciaban que estaban dobladas en cuatro (la mayoría están dobladas en dos y no alcanzan ni para limpiarse uno las comisuras de los labios). Un día (porque a todo se le llega su día) me limpié con una servilleta Elite de un paquete que acababa de comprar y se me deshizo en los dedos. ¿Qué sería? Me fijé, intrigado, en el empaque, y decía como siempre «dobladas en cuatro». Y sí, sí estaban dobladas en cuatro, ¡pero les habían reducido el grueso a la mitad y se veían transparentes! Me ponía una servilleta Elite extendida frente a los ojos, y podía leer con toda claridad el empaque. ¡Ladrones! ¡Están como los del Congreso! Colombia está perdida. El mundo se jodió por la incontrolada paridera.

Me explico: mientras más gente haya en el mundo y más productos, más fácil se puede engañar, e indefinidamente.

«Ah, ¿no quiere usted volver a comprar servilletas Elite? Váyase, que ya vendrán nuevos clientes que sí quieren comprar». Y engañan a los nuevos clientes, que son millones y millones y millones, con las nuevas servilletas. Y mejor no hablo del papel higiénico Elite porque el asunto es muy vulgar. Y no hablo de la superpoblación del mundo porque ya de ella habló Malthus, hace dos siglos largos, cuando éramos la octava parte. Y Malthus era un cura, sepan. Y sin embargo se oponía al desenfreno de la pichadera. Lo voy a poner en mi santoral. Y fíjense que estoy hablando de un santoral único, con un santo único: San Malthus. Pobres: ¡a practicar el sexo malthusiano, el contranatura! No quiero pobres pariendo pobres. Pobre que se reproduzca, pobre que se fusila. Así actué en mi mandato. En cuatro años escasos, le bajé veinte millones de pobres a Colombia con la multiplicación de mis fusiladeros. Volví el ta-ta-ta-ta-ta-ta-tá de los fusiles el himno nacional.

Estoy ahora cepillando a Brusca en la cocina. Instrumentos para la sesión de belleza de la princesa heredera: cepillo grande, tarro de croquetas y bolsa de basura. En una función de cepillado, la función del cepillo es obvia: para cepillar. Las croquetas, para que se deje porque, como niña consentida que es, es muy rebelde y no se queda quieta. Hiperactiva. Pero no autista. Sabe muy bien con quién trata y a quién manipula: conmigo y a mí. Va pues la cepillada por el lomo de la infanta así: primero a contrapelo: cepillo va, cepillo viene: una croqueta; cepillo va y cepillo viene: otra croqueta. Y así hasta diez. Luego en reversa, por el mismo lomo, siguiéndole la corriente al pelo: cepillo va, cepillo viene... Y voy limpiando, con el índice de la mano derecha extendido, el cepillo, y los pelos los voy echando en la bolsa de basura. Para eso era la bolsa de basura que les dije. En una cepillada de Brusca sale tal pelero, que da para rellenar de pelos un colchón vacío.

En esas estaba cuando golpearon con los nudillos en las ventanas que dan a la calle. «¿Quién es?» Nadie contestaba, pero seguían golpeando. «Pero carajo, ¿quién es?» E igual. Ha de ser un mendigo, un desechable, no dejan vivir. «Espérame, Brusquita, que voy a ver. No te me muevas de ahí». Y me levanto y voy y abro una ventana de las de la calle, y era un perrito callejero que me preguntó compungido si estaba muy ocupado. «Un poquito» le contesté. Y me fue soltando algo que me dejó de una pieza: «Yo a usted lo he visto varias veces de camino a La Matea con su hija Brusca y me enamoré de ella». Que no dejaba de pensar en ella día y noche. Que si la podía ver. «Es que ella ahora no puede» le expliqué. Que la dejara nomás salir un ratico a la ventana. «Mire, perrito, usted no sabe con quién se mete. Ella es muy brusca». «¿Por eso se llama Brusca?» «Ajá». «Aaaah». Como lo sentí muy desilusionado le dije: «Vuelve mañana». Se fue yendo lentamente y fui cerrando lentamente la ventana.

—¿Quién era? —me preguntó Brusca cuando volví a la cocina.

—No, nadie. Alguien que buscaba una dirección en Laureles y creía que era aquí, pero le expliqué que estaba equivocado. Las calles de este barrio son un enredo. Esta es la hora en que no he podido saber cuáles son las calles y cuáles las carreras, cuáles las circulares y cuáles la transversales. El colombiano no se caracteriza por la lógica. Ni por el orden.

Ya acabé el libro del marqués de Vargas Llosa. Interesantísimo. Trata de cómo en su primer año de gobierno en el Perú acabó con Sendero Luminoso y metió preso a su líder Abimael Guzmán: lo encerró bajo tierra, le puso un uniforme de presidiario de rayas amarillas verticales sobre fondo blanco, ¡y lo dejó como una cebra! Pero hoy ando muy elevado, como dicen en Colombia. Pues sí, me siento un globo de papel de china que se va por el cielo azul persiguiendo nubes. En México conocí a una perrita callejera a la que le decían «Nube» y me enamoré de ella. Pero no puedo recoger a cuanto perro callejero encuentro porque no dan para tanto mis desfallecidas fuerzas y finanzas. Soy un anciano acabado y pobre, dependiente de mí mismo porque no tengo a nadie en el mundo, ya a todos los anoté en mi «Libreta de los muertos», a la que le pienso cambiar el título. «Camposanto de cruces» se va a llamar. ¡Puuum! ¿Qué pasó? ¿Qué se quebró? ¿Otro terremoto, o qué?

—Brusca, por Dios, ¿qué hiciste? Me tumbaste el vaso de whisky.

Lo había dejado a medio tomar en la mesita del corredor delantero y lo tumbó. Ah con esta muchacha loca.

Aquí entre nos. Algo le está pasando a Brusca. Cuando salgo a comprar comida, al supermercado, un segundo, de carrera para no dejarla sola mucho tiempo no sea que se me deprima, en mi ausencia se ceba en los sillones de la sala: les rompe los forros y les vacía el algodón de adentro. Al regresar del supermercado cargado de paquetes, me encuentro la sala convertida en un campo nevado de algodón, y los sillones vueltos unos Santos Cristos.

—¡Mala! —le digo—. ¿Qué hiciste?

Y se encoge mimosa mirándome de reojo y moviendo la cola pidiendo perdón.

—Si lo volvés a hacer, te voy a encerrar en el segundo patio cuando tenga que salir a comprar.

Y sigo con los paquetes hacia la cocina sin voltearla a ver. Le habría podido haber dado dos o tres golpecitos con un periódico enrollado para que aprendiera, ¿pero qué habría dicho David desde el cielo? Lo primero que desempaco, ¿saben qué es? Qué son. ¡Galletas pa Brusca!

—Brusquita, mirá lo que te traje. Perdoname si pensé mal de vos. Fue una muestra de cariño tuya. Una instalación la que hiciste para recibirme.

Y viene corriendo hacia mí feliz moviendo la cola, y borrón y cuenta nueva. Ni ella se acuerda de lo que hizo, ni yo de lo que me hizo. ¡Voy a ponerme a cuidar yo sillones a estas alturas del partido! Ya estoy de salida de todo: del sexo, de la ambición, del poder, cansado de los cinco años que estuve en el gobierno... Todo se me olvida, de nada me acuerdo, sigo siendo yo sin ser yo, sigo siendo el mismo sin ser el mismo...

En premio por su comportamiento intachable la llevé a conocer La Cascada. ¡Qué finca más hermosa! (parece que la están vendiendo). Tiene una cascada de siete caídas, piscina, laguito, invernadero, pérgolas con arcadas de hierro cubiertas de enredaderas, un gazebo... Vista espléndida por delante, vista deslumbrante por detrás. Por delante, la Cordillera Central de los Andes en su esplendor. Por detrás, la cascada, y más atrás de la cascada, como queriendo tocar el cielo, el cerro de Cristo Rey protegiéndonos. Tiene vacas, tiene caballos, tiene gallinas, tiene un gallo, tiene conejos, tiene dos perras, tiene una burra con burrito, tiene patos y patas... Las garzas blancas del Norte aterrizan en su viaje anual huyendo del frío de Canadá en el laguito, donde ahora no están los patos porque, hartos del lago oscuro y verdiprofundo, decidieron tomar posesión de la translúcida piscina, y se la cagan a mi hermana Gloria, quien es prácticamente la dueña de la finca. En Medellín cambiar el agua de una piscina cuesta un dineral. En La Cascada ni un centavo porque en sus terrenos el agua brota de las entrañas de la tierra, sin cloro, límpida y pura.

—Vendé esto —le digo a Gloria—, que vivís esclava de unos animales y un paisaje.

Por lo pronto, que disfrute Brusca del paraíso. No bien bajamos del carro en que vinimos de Medellín, la suelto de su correa y ¡puuuum! Se dispara como una bala, como un cohete, propulsada por la energía de tanto tiempo acumulada y sufrimientos. La felicidad la embarga. La puede matar. Entonces llega en su carrera a una cerca de alambre de púas y se detiene en seco. Y ve del otro lado de la cerca algo raro, muy raro: vacas. Vacas que nunca ha visto en su vida. Las mira fascinada, da unos pasos hacia ellas (pero pocos), intrigada, y las estudia como un terrícola examinando de lejitos a un marciano, en tanto las vacas la miran con recelo. Y a modo de prueba, como quien dice tanteando el terreno, les ladra. Entonces una de las vacas se le viene encima y Brusca retrocede despavorida.

—¡Boba! —le digo—. ¿No ves que estás protegida por la alambrada? Ven, vamos a conocer a la burra y al burrito.

Olfatea al burrito, que tendrá dos semanas de nacido y que todavía no está destetado. Y he aquí que, en un descuido de Brusca por estar concentrada en el burrito, con las patas de atrás la burra le lanza una patada. Por poco le da y me mata a mi perra.

Y otra vez a correr, a girar, a saltar como loca. Con la lengua afuera (hagan de cuenta una corbata), muerta de sed va a la piscina y bebe agua de Evian. Después se echa a correr otra vez como loca, y otra vez muerta de sed bebe agua del primer charco que encuentra. ¡Brusca bebiendo pantano! Primera vez en la vida. ¡Qué felicidad la que siente! Y yo que en México le daba, y le doy en Casablanca, agua hervida…

—Ahí va usted con el amor de su vida, con su Tosca —me dijo una señora con la que nos cruzamos camino a La Matea.

—Tosca no. Brusca.

—Ah, Brusca. Se ve muy hermosa y muy noble.

—Noble sí es, y hermosa. Pero muy destructiva. Me ha despedazado tres veces los muebles de la sala.

—¡Qué barbaridad! No parece. Con lo buena que se ve. Y usted con la vida social que ha de llevar... Tertulias, entrevistas, almuerzos, cenas...

—Fíjese que no, señora. Llevo una vida de ermitaño. Ya ni música oigo. Le tomé tirria a la música.

Otra señora, cuando iba para el supermercado, me preguntó por «Cusca». Que cómo estaba mi Cusquita. En Colombia una «cusca» es una colilla de cigarrillo. Y así decimos, por ejemplo, que «Duque es una cusca y Quintero otra».

—Estoy de acuerdo con usted —me contestó la señora—. Pero mi marido votó por ellos.

—Votó por la peste.

—Me gustan mucho sus libros porque usted dice la verdad.

—¿Y cuál de mis libros ha leído?

Se quedó pensativa un ratico, y luego contestó:

—Las «Memorias de un hache pe».

Así es como se conocen en Colombia mis *Memorias de un soldado de la patria*, que va por la milésima edición.

Vuelvo a La Cascada antes de que se me olvide lo que iba a contar. ¿Que era qué? Ah, sí, lo del niño campesino. Que estábamos Brusca, Gloria y yo en la inspección de sus potreros cuando vimos arriando unas vacas a un niño que venía a caballo, acompañado de un joven de unos veintidós años, de sombrero y botas, que venía caminando.

—¡Arre, arre, arre! —les gritaba el niño a las vacas, e iba y venía.

Me informó Gloria que los dos eran unos ganaderos con ganado pero sin tierras, de los que toman en arriendo potreros en las fincas, y que ella les estaba alquilando unos.

—¿Y así estás de pobre que tenés que alquilar tus tierras? —le pregunté a mi pobre hermana.

—Sí. Estoy pobre pero llena de esperanzas: de que te ganés el Premio Nobel y me des una partecita.

—Si me dan los de medicina y física juntos, los acepto. Si no, no.

—No te pongás de exigente, aceptá lo que te den, aunque sea un diploma. «A caballo regalado no se le mira diente». Buenos días, buenos días.

—Buenos días, doña Glorita —contestó el joven.

—¿Cómo me le ha ido? —le preguntó Gloria—. ¿Se están vendiendo bien las reses?

—Muy mal, doña Glorita. Con la peste que decretó el gobierno nadie compra y nadie come.

—Mejor. Así dejan el carnivorismo y se vuelven vegetarianos como mi hermano. Mire, aquí está, le presento a mi hermano.

—Mucho gusto.

—Mucho gusto —le contesto—. Y el niñito ¿quién es?

—Un sobrinito. Quedó huérfano hace dos años y yo lo adopté y él me ayuda en el boleo.

—¿Y usted tiene mujer e hijos propios?

—No. Ni voy a tener. Traer hijos a este mundo se me hace injusto.

Y mientras arreaba las vacas en su caballo el niño pasó cerca al grupo de dialogantes y Gloria le preguntó:

—¿Cuántos años es que tenés, muchacho?

—Siete.

—¿Y no estás estudiando?

—Eso no sirve pa nada.

Y viendo a Brusca alelada viéndolo preguntó:

—¿Cómo se llama la perrita?

—Brusca —le contesté.

162

—Ja, ja, ja. ¿Es muy brusca?

—Brusca es poco. Era buena pero se volvió mala. Me ha destrozado cuatro veces los muebles de la sala.

—Entonces está endemoniada.

¡Qué niño tan inteligente, le había atinado diuna! De una vez.

—Esa es la palabra, «endemoniada».

—¿Y no tiene cura?

—Más cura tiene un ciego al que los paramilitares le sacaron los ojos. Voy a conseguirle un exorcista.

Qué imprudente soy, cuando hablo la cago. Despúes Gloria me enteró de que los paramilitares le habían matado el papá al niño.

—¿Un qué? —preguntó el niño—. ¿Eso qué es?

—El que les saca los demonios de adentro a los endemoniados. Pero el exorcista tiene que ser cura. Si no, no salen.

—¡Ah, eso no es problema! En el pueblo hay uno. Es el que dice las misas.

—Pero tiene que saber latín, que es en lo que hablan los demonios. Si no es en latín, no sirve porque no entienden. Y ya no hay cura que sepa latín. Ni siquiera el papa.

—Aaaaaah…

—Nos vemos.

—Nos vemos.

—Nos vemos.

—Nos vemos.

Y así nos despedimos y seguimos cada quien por su camino: ellos por el suyo arreando vacas, y Gloria y Brusca y yo por el nuestro en inspección de potreros.

Se me olvidó contar que durante la anterior conversación Brusca les ladraba a las vacas. Ya les perdió el miedo, las conoce. Se les acerca, les ladra, y si alguna se le enfrenta, sale corriendo para volver de inmediato a ladrarle de nuevo. Les mama gallo. Les hace creer que les va a morder las patas. Pero no. Brusca es noble, jamás lo haría.

Se murió por fin Gustavo Rojas Pinilla, el cuatrero, enemigo personal mío. Enemigo que anoto en mi libreta deja de serlo. Cuanto mal me haya hecho se lo perdono. El que perdona olvida, pero el que olvida tiene que tener un gran médico de soporte para que le ayude a olvidar, como el mío, Alois Alzheimer, galeno luminoso, una lumbrera de las neurociencias como pocas. Lo recomiendo ampliamente.

—No solo he perdido buena parte de los recuerdos que almacenaba —le explico a él—, sino que no puedo formar recuerdos nuevos. Mi cerebro se niega a aceptarlos. Parece que me dijera: «Descansa que estás muy cansado de tanto recordar, olvídate de cómo se llama el payaso que gobierna tu país». ¿Por qué letra empieza su nombre? Dígamelo, por favor, doctor, que se me va el sueño y no lo vuelvo a agarrar.

—No le puedo hacer el trabajo. Lo tiene que hacer usted. Pásele revista al abecedario.

—El método me dejó de funcionar hace años…

—Búsquese entonces otro, péguese de algo. Por ejemplo de dónde vive el olvidado, qué hace, en qué se ocupa, qué libro ha escrito…

—Las *Memorias de un hache pe*, de eso sí me acuerdo.

—¡Por Dios! Si usted se pone a pasarles revista a los hachepés de este mundo, no acaba nunca. Lo va a agarrar el amanecer en la letra A, sin llegar ni siquiera a «Alfonso».

—No es Alfonso. No empieza por A.

—¿Y cómo sabe? Siga con la A hasta que llegue a Azazel, y con suerte aparece.

—Tampoco es Azazel.

—¿No será Misael?

—Tampoco Misael. Ni el hijo. ¿Que se llama cómo?

—No se ponga a pegar un olvido de otro olvido porque sería como pegar una telaraña de otra telaraña. Pegue la telaraña de algo firme. De un techo, de un foco, de un farol…

—Los focos se me funden, y los faroles y el techo me los tumban los terremotos.

Paso la página. No estoy en mi día. El que un día fuera Funes el memorioso y que gozó de hipermnesia o síndrome del sabio dejó de serlo. Hoy soy un profesor Vélez cualquiera. Un hijo de vecino. Un quídam. Un Perico de los Palotes. Un hijueputa. Un don nadie.

Empantanado en mí mismo, ajeno a la peste quinteriana que no me afecta pues he superado atentados personales, terremotos e incendios, reflexiono sobre la conducción del mundo y el fin de este rebaño de ovejas tan esquilmadas cuando sus pastores lo lancen por el desbarrancadero sin fondo. Entre miles, escojo a cuatro de los esquilmadores para dar una idea.

Uno, el envenenador Putin que hoy controla medio arsenal atómico del mundo. De metro y medio de estatura (la mitad de su socio Erdogan), se cree sexy pero parece un ave marina aterrizada en tierra. Epígono del lúbrico Lavrenti Beria, maestro de la tortura en la KGB de Stalin, se graduó en su Academia de Espionaje con tesis sobre el envenenamiento con materiales radioactivos. Cómplice suyo en cuanto haya resultado y pueda resultar es su huelepedos Labrov.

Dos, el fantasmagórico y tenebroso Erdogan, sultán de Turquía.

Tres, el príncipe heredero de Arabia Saudita y su gobernante de facto Mahoma bin Salmán, contratador de esbirros y sicarios como su profeta, de 35 años, barrigón, frentón y barbudo, oculta la barriga en un *bisht* o abrigo saudí, la incipiente calva en un *shemag* o pañoleta árabe de cuadros rojos y blancos, y la cara regordeta detrás de una espesa barba de *Pithecanthropus erectus*. Arrebujado y embozado en el traperío y el tapabocas que digo, se siente Rodolfo Valentino en *El hijo del sheik*.

Y cuatro, Cristina, la ladradora ladrona que le ha chupado la sangre a Argentina hasta donde ha podido. Tiene un hijo feo, gordo y tan poco sexy que no se le antoja ni a ella que lo parió, y que junto con su marido, ya difunto, lo educó en la rapiña bravucona.

El terremoto y el incendio; la muerte de David; la deshonestidad creciente del ser humano; el sálvese quien pueda en este naufragio colectivo de ocho mil millones de bípedos depredadores; este revoltijo de cables conectados a una torre de computador que me paralizan la voluntad de desenmarañarlos; los Windows cambiantes del mayor estafador de que hoy goza el mundo, Bill Gates; el futuro incierto de Brusca si me muero o si por una embolia cerebral quedo paralizado, o si me atropella un carro; la digitalización del alma humana; y para terminar este recuento apurado de desastres, estos dolores de cabeza que me duran semanas y semanas sin parar y que no me dejan dormir… Mi hundimiento no tiene fondo. ¡Cómo voy a poder dormir entonces si todo el tiempo estoy cayendo y no aterrizo! «Tengo que aterrizar en el sueño» me digo. Y me duermo, y sueño, pero el aeropuerto esperado para el aterrizaje se me va, se me va, se me va, como cuanto trato de alcanzar, en vano, en mis sueños dormido y en mis sueños despierto, como un espejismo en el desierto.

Habiéndose apagado la peste con la muerte de Quintero, ¿entre el Colapso Demográfico, el Colapso Ecológico y la Guerra Nuclear, cuál me conviene más de entre los tres Jinetes del Apocalipsis que han quedado al haber desaparecido el Pestífero? Con uno solo me bastaría, pero para mayor seguridad y un mejor aterrizaje, me escojo los tres. Que se me vengan encima los tres juntos que aquí los estoy esperando. Ya saben mi dirección en Laureles. Si no la encuentran porque con sus circulares y transversales, sus carreras y calles, este barrio se le hace muy enredado al forastero, la buscan en Google Maps.

En vano he tratado de superar la sensación de desastre inminente que me agobia a partir del momento en que el terremoto se satisfizo plenamente de sus ansias y nos dejó destruida la casa. Este desastre que estoy tratando me pesa por partida doble, pues es mío y a la vez ajeno, entendiendo por ajeno el conjunto del depravado género humano. ¿Me arrastrará la humanidad en su caída llevándome entre las patas? ¿O me iré yo solo y sin compañía, como abandonado en un arenal de Marte?

En el transcurrir de las décadas y los siglos Colombia la proteica continúa igual a sí misma, cambiando sin cambiar, empantanada en su mezquina esencia heredada de la mezquina España. Hagan de cuenta un río que permanece yéndose. Un río lleno de lodo. De la pobreza generalizada de este país y del planeta culpo a la obstinada manía reproductiva de la cosa esa que llaman «ser humano», el cual se comporta como los zancudos en los charcos, con la diferencia de que los huevos humanos, para su fecundación, se ponen en vaginas. De ninguno de los hijos salidos de estas negras oscuridades paridoras quedará ni rastro. Ni un mísero recuerdo brumoso tan siquiera. La Historia está llena de grandes hombres y ya no le caben más, tiene atestado el disco duro de grandezas y necesita un doctor Alzheimer que se lo limpie a ras. Yo en cambio, liberado de recuerdos, voy rápido, encarrerado, y me elevo como un globo aerostático. Subo y subo y no me para ni el Putas.

Tengo un amigo mexicano que me manda de vez en cuando, por email, muertos para mi libreta, especialmente del mundo del espectáculo porque sabe que los pude haber conocido a través de David. Hace unos días me mandó a Isela Vega, y tal fue mi prisa para irla a anotar antes de que se me olvidara, que di un traspié y fui a dar con la frente contra el marco de una puerta. Me salió el chichón en el mismo punto que el que me provocó Brusca contra la capota del carro en que veníamos de Bogotá a Medellín, pero esta vez, ¡oh milagro!, la red total de mis neuronas (en que mis subredes y subsubredes están conectadas y que yo llamo mi «alma» o mi «Red» con mayúscula) se rearmó de un segundo al otro y quedé bien, arreglado, compuesto de la descompostura mental y anímica, o sea general, que llevaba años padeciendo. De una sola palmada o golpe bien dado yo arreglaba antaño radios (cuando existían) y televisores (hoy en vías de extinción), y así arreglo ahora el computador de que aquí he hablado, el de la maraña de cables. No hay mal que por bien no venga. Así pasa. Así es. No hay que discutirlo. De las enfermedades curables la mayoría se curan solas, sin médico, pero los médicos se aprovechan de esto mandando placebos para que las autocurables se las atribuya el paciente a ellos. Señores de bata blanca, médicos embaucadores: Ustedes son como los curas y los pastores protestantes. Sufridos pacientes: Evítenlos hasta donde puedan, y no se dejen meter a un hospital para morir: muéranse en sus casas, en sus camas, con el crucifijo en la pared, rezándole a Dios, que tampoco sirve para un carajo pero que por lo menos, dada su Bondad Infinita, no cobra.

Estos mosquitos que se posan sobre los platos de mis frugales comidas (jamás con carne dada mi recalcitrante abstinencia, hasta de la que sustenta la lujuria) son como los pobres: no dejan vivir. Los pobres, con su desenfrenada paridera que no controla ningún papa ni ningún gobierno, se han apoderado del agua, del aire, del espacio y del tiempo.

Adonde llegan llenan el Espacio, y le quitan a uno el Tiempo al mantenernos permanentemente en guardia para protegernos de sus atropellos. No hay maldición más injusta que la que nos decretó Dios con sus pobres, lloviéndonoslos a chorro suelto sobre el inocente barrio de Laureles que poco más peca. Ante el Tribunal de la Historia (así sea esta una puta) lo hago responsable. Caen los pobres del cielo armados con sus equipos de sonido, su rap, su rock, su reguetón, su puta mierda del género *shit,* y los encienden y agarran el micrófono y «con todo respeto», como dicen con todo cinismo, se pronuncian un discurso para explicarnos su dramática situación de desplazados por las guerrillas, los paramilitares, el ejército o lo que sea, agravada por los dos o tres o cuatro o cinco hijitos que tienen, tras de lo cual se ponen a «cantar», o mejor dicho a berrear, en karaoke, la mencionada mierda que ellos llaman «música». Los políticos mendigan votos y si llegan al poder se instalan en un permanente año de Hidalgo y no dejan piedra sobre piedra: lo que no se roban lo destruyen. Los pobres en cambio, los karaokeanos, los pobres pobres, solo mendigan monedas porque «tienen hambre». Yo les daría si comieran solo una vez al mes, o aunque fuera a la semana, pero comen, mínimo, tres veces diarias, y así no hay bolsillo que aguante. Y si yo no arreglo las cosas del todo, prefiero no arreglar nada. Que siga todo como va, en su desenfrenado curso hacia el caos. Ítem más. Ni siquiera quiero que me karaokeen boleros, rancheras o milongas, que sí son música, porque mi música solo la quiero oír cuando quiero, y no la quiero oír cuando no quiero, quiero silencio, de día y de noche, hoy, mañana, siempre. En silencio la realidad pesa menos.

Brusca no es una perra callejera. La recogí en la Ciudad de México en una calle de mi barrio cuando se acababa de perder, y lo digo porque llevaba un abriguito limpio, aunque sin collar ni placa de identificación, y no sabía cruzar una calle y aún hoy, siete años después, si la dejo sola unos minutos a unos pasos de Casablanca se perdería, no sabría volver a su casa y me la mataría el primer cafre montado en carro o moto que pasara, en cuyo caso tengo ya el revólver listo para matarme. Con seis tiros. Alcanzaré a pegarme dos con la ayuda de Dios y se me van a desperdiciar cuatro. ¿Sí ven por qué siempre que me ven por las calles de Laureles la llevo atada a una traílla? Qué más quisiera el ciego que ver, y yo que llevarla suelta a mi lado, deteniéndonos en las esquinas y mirando atentos a los vehículos que pasan. Imposible. El amor de mi vida no es una perra civilizada. Ni considerada: tiene a su esclavo velando y mirando por ella las doce horas del día y las doce de la noche habida cuenta de que estamos en el trópico, prácticamente sobre la línea ecuatorial, que en justicia le pertenece a Colombia y no al Ecuador, paisito subdesarrollado con carreteras que se apoderó de ella no *de iure* sino *de facto*. ¡Gracias, Señor, por haberme dado este tesoro de cuatro patas que responde al nombre de «Brusca» con que la bautizó David! Todo cuanto haces lo haces bien: terremotos, incendios, atentados personales. Un día de mi niñez, saliendo del Colegio Salesiano del Sufragio camino de mi casa, me quisiste matar con un bus que se me vino encima, pero no era tu Sagrada Voluntad que el infanticidio ocurriera. ¿En qué libro fue que lo conté? En el de mi infancia, por supuesto. ¿Que se llamaba cómo? Se me olvidó, por supuesto.

Brusca no sabe de la existencia de Dios ni de la de la Muerte ni del dolor y solo ha conocido la angustia dos veces: en las horas que estuvo perdida en la colonia Condesa de la Ciudad de México, y en las del viaje desde allí en una jaula, en la bodega de un avión, hasta llegar, conmigo, a Colombia. No sé si ya lo conté, pero si sí lo repito porque necesito contar las cosas dos o tres o cuatro o cinco veces para darles la más absoluta seguridad a mis lectores de que cuanto cuento es la verdad y solo la verdad, la verdad exacta, no inventos descabellados de novelistas enmarihuanados.

¿De quién estaba hablando bien antes de la interrupción que me hicieron? ¿De Dios? ¿De Colombia? ¿De la Iglesia? ¿De los médicos? ¿De los físicos? ¿De los pobres? ¿De mi madre? Aaaah, ¿querían que me deshiciera en elogios de todos ellos para que votaran por mí? No ando detrás de puesto público y desprecio tanto al que vota como al que mendiga los votos. Ni siquiera soy libre, para decirlo claro. Ni usted tampoco. Usted es una máquina programada, un autómata que se cree libre para decidir lo que le conviene, pero no. La libertad no existe, es una quimera, un sueño con los ojos abiertos de los ilusos despiertos que creen que siguen viviendo. Yo no. A mí el correr del Tiempo me sacó de la categoría estúpida de persona y me convirtió en un libro, un libro a campo abierto para que lo lea el Viento. Y he aquí lo que leyó mi respetado lector, mi señor don Viento, pasando a toda verraca las páginas: «El hombre no piensa: embrolla».

El lugar común más trillado y abyecto de la literatura es la adulación al lector. No sé para qué mendigan estos pendejos autores la aprobación de un pobre diablo que tarde o temprano Misiá Verraca va a guadañar. «Creo en Dios Padre Todopoderoso y en Cristo Jesús Montoya, su Único Hijo, que fue crucificado, muerto y sepultado y que descendió a los infiernos, de los que resucitó al tercer día y volvió a la tierra todo chamuscado». Y si el creyente quiere curarse en salud, que agregue: «Alá es Dios y Mahoma su Profeta». ¡Uy, qué miedo! El que lo diga queda convertido en musulmán *ipso facto* y después no puede blasfemar porque ISIS lo mata. A mí no me metan en tinieblas medievales que estoy a un paso de entrar en la zona de Luz. Quédense con las setenta y dos vírgenes que le tocan a cada quien y a mí me dejan los hermanitos.

Y lo que acabo de decir no es una declaración de fe ni de principios sino algo innegable. No soy un robot, soy un místico compenetrado en esencia con el Ser de las Existencias. Errado una vida entera por fin me he encontrado en Él.

Llevo dos horas haciendo cola entre los pacientes de Alois, que hoy llenan su consultorio. La cita me la dio su secretaria hace un mes.

—Señorita —le dije entonces cuando hablamos por teléfono—, ¿me puede dar la cita para mañana?

—Imposible. Lo más pronto que puedo dársela es para dentro de un mes. El doctor está supercopado.

—Si no se puede para mañana, ¿me podría abrir entonces un campito para la semana entrante?

—Imposible. El doctor tiene la agenda superllena.

—Dígale que es de parte mía. Él me conoce muy bien. Soy su amigo.

—Eso dicen todos —contestó la grosera.

¡Qué mujer tan malcogida! Hay tanta gente en el mundo de hoy, que ya no atienden bien a nadie en ninguna parte. En cambio los almacenes Éxito son una maravilla. En ellos hay de todo y uno escoge entre mil variedades. Todo lo cambian todos los días. Nuevos productos debutan a diario. «A ver qué tal resulta esto» piensan las señoras, que buscan, ven, miran, remiran, tocan, palpan, compran y compran y compran. Las colas para pagar en las cajas son serpentinas y se arrastran a velocidad de tortuga. En cada ama de casa las cajeras se tardan mínimo media hora atendiéndola porque llegan con los carritos atestados y pagan con tarjeta. Esas colas y esas compras les llenan la vida. Son felices. No se cambian por nadie. Se les ve en la cara. Ya no necesitan a la Iglesia católica. ¡Viva el Éxito!

—Señorita, dejé a mi perra sola. Llevo dos horas en este consultorio haciendo cola y tengo que volver ya a mi casa. Dejé a mi perra sola, en un patio, y se me puede morir de sed y de hambre.

Por fin me recibió Alois y le expliqué mi problema. La cosa va así: cuando murió Quina (mi última perra antes de que llegara Brusca), por la desesperación en que me hallaba por haberla tenido que dormir para que no sufriera más se me pasó por alto cerrarle los ojos, y se le quedaron mirándome, mirándome, mirándome.

—Y van a seguir mirándome, doctor, por toda la eternidad. Quiero que me los borre del recuerdo, ya que no viene a borrármelos la Muerte.

—Mire usted, los recuerdos son como las enfermedades. Las hay que se curan y las hay que no. Con los recuerdos pasa igual: hay recuerdos que se pueden borrar y recuerdos que no. Los que van acompañados de una sensación emocional muy fuerte no se borran. ¿Sintió usted algo en el pecho cuando murió su perrita?

—Sí, doctor. Una opresión como si me estuvieran asfixiando.

—Es el *angor pectoris*, la angina de pecho ocasionada por el insuficiente aporte de sangre al corazón.

—Sentí como si viniera por mí la Muerte montada en un infarto, pero no llegó y aquí estoy.

—Ya llegará, no hay prisa, séquese las lágrimas que su mal no tiene remedio pues el dolor se fue del corazón al alma. Recuerdos de esos no se borran, quedan irremediablemente grabados. No puedo hacer nada por usted.

—¿Ni un corrientazo eléctrico siquiera?

—Ese sistema pasó de moda hace siglos. Lo descontinuaron incluso antes que los discos de vinilo. La electroterapia estuvo muy en boga en los hospitales psiquiátricos, que fueron los que remplazaron a los manicomios. Hoy ni la registra la Historia de la Psiquiatría. Además no soy psiquiatra, soy neurocientífico. Mapeo el cerebro. Pincho aquí, pincho allá, explorando la corteza. ¿Se mueve una mano? Quiere decir que desde donde pinché, desde ese punto exacto, el paciente la controla.

Salí del consultorio de mi examigo con el rabo entre las patas. No voy a volver a recomendar a Alois. Él es como cualquier otro médico, un farsante. Los pocos pacientes que tiene los junta en un solo día del mes para que crean que tiene muchos y se riegue la voz de que él es «lo último en guaraches» como dicen en México. Un guarache es una chancla subida a más pero sin llegar a zapato.

Anoche soñé que estaba soñando pero despierto, lo cual da una buena idea de lo bien que estoy, lúcido y apaciguado. Cuando me desperté de ese sueño tan neutro y feliz, estaba a mi lado Brusquita, ¡en una placidez! Son treguas que nos da la vida en medio de tanto desastre. La muerte de Quintero, debemos reconocerlo, ha sido una bendición para Medellín. El cielo habrá amanecido hoy encapotado, pero sé que el sol volverá a salir en un rato, es cuestión de confiar. Sale porque sale. En la ciudad de la eterna primavera no hay día que falte, creo en él, no es como los colombianos, que un día sí y mañana quién sabe. Que se les enfermó el mayorcito, que el tío se cayó de un andamio, que la abuelita anoche se murió de un infarto porque tenía alzhéimer. Que desde hace más o menos como unos veinte años.

—Eso no es disculpa para el ausentismo en el trabajo, ¡carajo! Alzheimer tenemos todos. ¡O qué! ¿Me vas a decir que tenés mucho almacenado en la cabeza? Tenés un coco vacío, pendejo. Quedás despedido, buscate otro trabajo.

La mujer que me hizo el mal de todos los males, el de sacarme en colaboración con otro de la fabulosa nada en que dormía el tranquilo sueño eterno sin tener que pasar por este puente incierto, ya no está, se nos fue, cuánto hace que cruzó la laguna sin retorno de la Estigia. Caronte la ayudó a subir a su barca porque los médicos de aquí en tierra la dejaron jugando fútbol sin una pierna. ¡Adiós, mujer! Te perdono el mucho mal que me hiciste pero no lo olvido. O mejor dicho al revés, lo olvido pero no lo perdono.

Inmerso en una bruma impenetrable, este simio farandulero de limitada inteligencia y que se califica a sí mismo de «Homo sapiens», y que está muy alzado desde que bajó del árbol, pretende llegar a la comprensión del mundo físico, que es como es porque es como es, sin razón de que así sea ni posible explicación. Entre las brumas en que vivimos, de unos siglos para acá estos embaucadores que se llaman a sí mismos «físicos» para explicar lo inentendible han recurrido a la estafa matemática, la de las dos rayitas del signo igual, que compiten en poder de mentira e impostura con los dos palos cruzados de la cruz de Cristo. Las más famosas ecuaciones son definiciones de palabras arbitrarias y no resuelven nada ni aclaran nada. Acumulo enemigos. Me llueven por aquí, me llueven por allá, en la Universidad de Antioquia, en la de no sé qué, en la de no sé dónde… La física es pseudociencia, como la frenología, el psicoanálisis, la astrología, la alquimia, la ontología, la metafísica. Después de décadas de empantanamiento en la luz y la gravedad, en este punto de mi vida y del relato, y dada mi quebrantada salud mental aunque de honestidad intachable, renuncio a comprender el mundo físico. Vemos porque vemos, caemos porque caemos y las cosas son como son y no se diga más. Adiós gravedad del pelucón Newton. Adiós espaciotiempo del marihuano Einstein. Adiós luz y espectro electromagnético del embrollador Maxwell al que hoy en día los que lo nombran ni lo han leído, jamás se han empantanado en él. Ponerle nombres a lo incomprensible no lo hace entendible. Nadie ha entendido jamás lo que les dio por llamar, desde hace siglos, «magnetismo» y «electricidad», sacando las palabras de como designaba el latín al imán y el griego al ámbar, y entonces, removiendo el pantano que estaba quieto y en paz y confundiendo lo que ha estado claro desde siempre pues lo que es es lo que es, se sacaron de la manga el «espectro electromagnético». Estos prestidigitadores de la nada, payasos sin conejo ni gracia que no han podido entender ni tan siquiera cómo se vuelve el agua hielo ni los engaños del espejo, me vienen a salir ahora, a mí, un doctorsísimo aplaudido *summa cum laude* en la sapientísima Universidad Nacional de Colombia por su tesis sobre los inquietantes filósofos presocráticos, me vienen, digo, a salir ahora con sus latinajos y helenajos sacados de unas lenguas que ni conocen. Nunca estos posgraduados entenderán nada porque donde se metieron no hay nada que entender. Con nombrar al magnetismo «magnetismo» y a la electricidad «electricidad» no se ilusionen con que están entendiendo lo que mencionan. Nada. No entienden nada. Más entendemos cuando decimos «mesa». Me siento entonces a la mesa con Brusca a mi lado a tomarnos una botella de tequila en recuerdo de su patria, México, no de la mía porque la tengo enfrente atropellándome, no es patria sino un cagadero. Borrascas nos anuncian en estos instantes mismos las nubes y los truenos. A ver si Dios que es tan bueno no me funde con un rayo el computador del cerebro y me desconecta.

¿Éxito, ambiciones, estatuas, fama, gloria? A lo más que puede aspirar un mortal en los tiempos que corren, con este

176

desenfreno demográfico, es a que lo cacareen a uno como el muerto del día. Dos días no dura ya nadie. El que dure tres se me hace un chingón, un verraco *post mortem*. ¡Cuántas grandezas humanas no están silenciadas en las tumbas mudas de los cementerios! Soy visitante entusiasta de estos. He estado (vivo por supuesto) en el Père Lachaise de París, que tiene setenta mil muertos. En la Recoleta de Buenos Aires, de altaneros mausoleos de mármol y en cuya entrada principal se lee: *Expectamus Dominum*, o sea «Esperamos al Señor». Veintiocho presidentes argentinos lo están ahí esperando en tanto afuera sus compatriotas descansan de ellos. En el Karakaahmet de Estambul, de tres kilómetros cuadrados y un millón de muertos. En el Cemiterio dos Prazeres de Lisboa (un cementerio de placeres, habrase visto) con sus uroboros, serpientes que se muerden la cola para significar la Vida mordiendo a la Muerte. ¿O será al revés? He estado en el Zentralfriedhof de Viena, con dos kilómetros de tumbas y tres millones de ocupantes. En la Almudena de Madrid con cinco millones entre los que figura Juanita Cruz, la primera mujer torera que tuvo el mundo, orgullo de España y vergüenza del género humano. En cuanto a los cementerios Central de Bogotá y de San Pedro de Medellín, dan grima, con unas cuantas minigrandezas y minicelebridades en ellos. Y de cementerio en cementerio puedo mencionar docenas que conozco, apéndice a mi *Libreta de los muertos*. Al llegar a una ciudad y no bien me instalo en el hotel pregunto en la recepción por el cementerio más cercano. Por lo general no saben. Ni de esto ni de nada. Le pregunto entonces a un botones o al conserje y tampoco. Alguien, por fin, me informa que tomando por aquí y después por allá hay uno a dos kilómetros. «¿A dos kilómetros apenas? —le contesto con una interrogación exclamativa—. Entonces voy a ir caminando». Y mientras camino voy rumiando ideas. Luego las apunto en un papel y saco de ahí un libro que se vende como pan caliente.

Entro a los camposantos como Pedro por su casa. ¡Qué descanso de los atropellos de los vivos en la paz de los muertos! Y ahí me tienen leyendo lápidas del que sea y sacando cuentas: si el difunto nació en tal año y murió en tal otro, ¿cuántos años vivió? ¡Carambas! Entre millones de lápidas que he leído casi ninguno ha subido hasta donde estoy ahora, en el piso 103 del rascacielos. No sé si esto se llame dicha o desdicha, pero de lo que sí me envanezco es de haberle podido ganar a Germán Arciniegas, el Néstor de la Guerra de Troya de Colombia.

Somos muchos y el gentío esfuma la grandeza del héroe. Por más alto que haya subido en vida el ambicioso, de muerto no dura más de un día sin refrigeración, así lo sigan repicando esas veinticuatro horas los clarines de la prensa. Luego esta prostituta que se acuesta con todos y que no quiere a nadie lo olvida. Lo volverá a sacar a relucir en el centenario de su nacimiento, que a mí me lo tuvieron que celebrar en vida, con fiesta como de primera comunión de niño inocente. Por mi sentido eurítmico hubiera preferido quedar a ras con la Muerte a los cien años exactos, pero uno propone y la Muerte dispone. No sé si ella venga hacia mí, o si yo voy hacia ella, o si vamos cada cual desde su lado al encuentro. Como sea, la Muerte morirá conmigo pues no hay más Muerte que la propia y por respeto la escribo siempre con mayúscula. En inglés, idioma ególatra, la palabra «yo» también la escriben con mayúscula, pero «usted» con minúscula. ¡Qué gente tan irracional estos anglosajones! Y qué timbre de voz el de sus mujeres, me hiere el oído. El derecho, porque con el izquierdo ya no oigo. Soy sordo a las sirenas de la izquierda, que no me canten la canción de la presidencia sus sediciosos porque no la acepto.

La lengua de Castilla en cambio es límpida, lógica, dulce, áspera, suena bien hasta cuando chirría muerta de rabia. Sus malas palabras, como el cervantino «hideputa», me saben a miel. Es tan lógica, tan delicada, tan dulce, tan consecuente consigo misma… Los ríos, por ejemplo, en castellano son todos masculinos. En francés unos son masculinos y otros femeninos. La lengua de Descartes, que se pronuncia «Decar», de racional no tiene nada. Si por su lengua los juzgamos, los franceses son unos absolutos irracionales. Y tratándose de insultos, unos inermes.

Ni en francés, ni en árabe, ni en chino, ni en tagalo, ni en finlandés, ni en turco, ni en lo que sea, en insultos a mí no me gana nadie. Especializado en ellos en la lucha diaria por la supervivencia, he elevado la lengua de Castilla a alturas insospechadas a las que antes de mí no había llegado nadie. La he estirado hasta donde da. Del *Discours de la méthode* del mencionado Descartes salvo una frase porque me atañe. Dice así: «Tan empecinado está cada cual en su criterio que podríamos hallar tantos colombianos aspirantes a la presidencia de su país como cabezas colombianas haya». ¡Qué gran hombre este francés racional! Previó mi llegada al Poder Supremo antes de que yo naciera.

El dominio que Brusca ejerce sobre mí es total y absoluto. Hace conmigo lo que Plutarco Elías Calles hacía con México: lo que le da su real gana. De noche le pido, por ejemplo, que se pase de su cama a la mía porque tengo frío: «Brusquita, estoy helado, pasate p'acá». Pues hagan de cuenta que de un instante al otro se quedó sorda. No mueve ni un milímetro las orejas. «Te voy a dar unas galletas» le digo entonces, y las levanta alerta, como el que enfoca una poderosa antena hacia el Cosmos. Domina a la perfección la lengua de Castilla, pero solo atiende a lo que le importa y el resto le vale madre.

A Brusca la he visto triste desde que la conocí. Desde esa primera imagen que tuve de ella y que guardo en el corazón, con un abriguito que guardo en el clóset, echada junto a un poste y un viejo a su lado, que en un principio pensé que era su dueño, en el Parque México. Por lo general (cuando no se entrega, por ejemplo, a sus travesuras y desastres) se ve triste. Triste la conocí y triste la he seguido viendo desde que está conmigo, aunque ya sé que solo es apariencia. ¡Cómo podría estarlo si vivo para ella, si ella es la única razón de mi existencia y le canto día y noche el bolero de nuestra felicidad! No le doy delicatessen ni mexicanos «antojitos» porque le descomponen «su pancita». Aparte de esto, ¡que se haga su voluntad! Que destroce los muebles de la sala, que despedace los colchones de las camas, que tumbe la mesa con el computador encima y acabe con el Internet ¡y que me desconecte del mundo, que para mí el mundo es ella! «Nadie te ha querido tanto como yo ni te hubiera podido querer más. Ni Bécquer». ¿Por qué entonces la veo triste? Si antes de mí alguien la quiso más que yo, lo buscaría y se la devolvería aunque la tristeza me matara con tal de que ella volviera a ser feliz. Pero no creo. Si su dueño la hubiera querido tanto, no la habría dejado perder. Y le habría puesto una placa de identificación para tener una posibilidad de recuperarla si se le perdía, y no la traía cuando la encontré. ¿La habrían llevado a la colonia Condesa donde quieren a los perros más que en cualquier otro barrio de México, abandonándola como abandonan los franceses a los suyos, para siempre, en el Bosque de Bolonia cuando se van de vacaciones? Le mandé hacer de inmediato la placa con mi nombre, mi dirección, mi teléfono y la oferta de varios millones para el que me la trajera de vuelta. Por supuesto que en Colombia esto de la plaquita no se lo cuento a nadie o me la secuestran. Desde que amanece hasta que

180

anochece y desde que me acuesto hasta que me despierto Colombia me aterra. Colombia es la maldad, la gran plaga de la humanidad, el infierno. Espero resistir hasta la colonización de Marte para irme a vivir allá con Brusquita. La Tierra, para mí, fue un fracaso.

Hoy salieron los de los telescopios con la tesis de que en la Vía Láctea hay 300 millones de planetas similares a la Tierra donde puede haber vida, y de los cuales unos cuantos con seres tan inteligentes como nosotros o más. Se me ocurre preguntarle a Francisco si los pecadores de esos planetas también quedaron redimidos por la redención de Cristo, o si a tantas leguas de distancia todavía no les ha llegado porque no viaja tan rápido como la luz.

Cuanto más lejos ven los telescopios en el espacio extraterrestre el Universo se revela más monstruoso: en las temperaturas, en las densidades, en las distancias... Y sin salir de nuestro desventurado planeta, piensen en la tumba en que caemos si nos vamos al fondo del mar dentro del avión en que viajamos, en medio de ayes y alaridos de madres y bebés en la bajada acuática rumbo al lecho marino. Y luego el silencio y la asfixia. Y Brusca en una jaula en la bodega. Que nadie me pida sensatez ni que me venga con el cuento de que Dios es bueno. No me crean tan pendejo, estúpidos. Uno que permite monstruosidades de estas pudiéndolas impedir es un Monstruo.

Dejando al Monstruo para más adelante, para el postre del banquete, volvamos al espacio y al tiempo de los filósofos o al espaciotiempo del marihuano Einstein. El que piense en esas dos irrealidades, invenciones, ficciones, juntas o separadas, se empantana. No existe nada incambiable ni quieto. Todo cambia y se mueve, bien sea con movimiento propio o bien sea montado en algo, digamos en el barco de Galileo que va hacia Alepo, yendo el barco a su vez montado en el planeta Tierra y este en la Vía Láctea. La realidad le toma el pelo al hombre y le hace creer que entiende sin entender. Y el movimiento entonces, ¿qué es? Una ilusión de fotogramas quietos como los de las películas de antes que pasaban a toda velocidad y uno creía que el caballo corría siendo así que viéndolo fotograma por fotograma estaba más quieto que la *donna «inmóvil»* de Verdi (según Pablo Escobar). Los que creemos que nos movemos nos engañamos, no vamos ni para la Muerte, somos un invento ocioso del Loco de Arriba que en su Desocupación esencial no tiene con qué llenar su inmenso Tiempo preñado de Vacío. Y en el vacío no puede haber tiempo, que quede claro. ¿Entonces qué? Entonces van a ver, concluyamos: No existen ni el Tiempo ni el Espacio, son espejismos de un camello. Ni Dios, que es un espejismo humano. En cambio la mente confusa del hombre sí existe. «Pienso luego existo», dijo el borriquito hambreado al ver el haz de pienso que le ponían en el comedero del establo.

¿El país de los desechables será también él, todo entero, desechable? ¿O lo somos todos los seres humanos? Pregúntenle a la Muerte a ver qué opina para que no me pongan a mí a pronunciar frases definitivas, irrevocables, incontestables, aforismos pesimistas que poco más le gustan al público, ansioso como está de buenas noticias en medio de esta peste. No hay tal. Desde el instante en que Quintero se murió infectado por su propia medicina reboso de optimismo. Muerto el perro se acabó la rabia. Van a ver que no se infectan. Y que si se infectan sobreviven. Y que si sobreviven se van a ganar la lotería.

El edificio estaba a oscuras con la sola luz de nuestra recámara donde David se estaba muriendo. Yo estaba a su lado y Brusca en la recámara de en medio donde la encerré para que no viera y que no supiera nunca lo que es la Muerte. Hay que ocultársela a los niños y Brusca será siempre una niña. Como los niños, los perros son inocentes. Que nunca pierda Brusca la inocencia. Limpia del pecado original del odio, no está envenenada contra los bípedos humanos ni contra sus congéneres cuadrúpedos. Quiere a la gente y con los perros con que nos encontramos de camino a La Matea quiere jugar. A todos, machos o hembras, grandes o pequeños, les salta encima, los tira al suelo y los revuelca. Eso es lo que ella entiende por jugar. Con semejante forma de actuar (que hace honor a su nombre) se ha cerrado las puertas del juego. Pero no quiero hablar de la muerte de David. Retomo mi tema ontológico-físico-metafísico. El hombre quiere llenar su vacío esencial de Espacio matando el Tiempo. Por eso proyecta ir a Marte a colonizarlo y llenarlo de gente. Que yo sepa el Génesis no dijo que después de atestar de descendientes este mundo de aquí abajo la prole de Adán tenía que subir a Marte a llenarlo rápido para seguir con la fría Luna y la caliente Venus, para empezar. Y para continuar, seguir con el resto del Sistema Solar, la Vía Láctea y el billón de trillones de cuatrillones de galaxias. ¿Qué van a comer entonces los seres humanos en dicho Universo supermegapoblado, si se gastaron todos los átomos existentes en reproducirse? Sencilla respuesta: Se tendrán que comer los unos a los otros. A mí en todo caso que no me vayan a dar carne de papa que me envenena. Además soy vegetariano, no como prójimo. Pido pues, para que no se queden flotando en el aire mis palabras, que Windows actualice el Génesis con las aplicaciones que se necesiten, pero sin empeorar lo que viene arrastrando de malo desde que se instaló. Los judíos, los cristianos y los mahometanos, o sea medio género humano, tienen el Génesis como palabra de Dios y libro sagrado. ¿Qué más querrá Bill Gates para su empresita? ¡Avorazado!

¿Saben qué es un «agujero de gusano»? Un túnel en el espaciotiempo de Einstein que nos permite viajar, en una fracción de segundo, no solo de una galaxia a otra sino de un Universo a otro. Porque hay más de uno, no sé si sepan. Ahora bien, si un gusano abre un agujero en la tierra de la Tierra, no termina en una salida en las antípodas… Un agujero de gusano tiene entrada pero no salida, en lo cual coincide con los agujeros negros, aunque no pasa de ahí la coincidencia. Propongo que los físicos cambien esa expresión tan tonta y desafortunada de «agujeros de gusano», que se les ocurrió para designar una realidad tan evidente, por «atajos en el espaciotiempo marihuano». Le pueden quitar el «marihuano» si quieren, para abreviarla. Y «espaciotiempo» para lo mismo. Y la dejan en un simple «atajos». Ya sabemos de qué están hablando: de una entrada de este infinito nuestro a otro Infinito. Si el viaje se queda varado en el otro Infinito sin poder volver atrás y corregir su audacia, entonces el «agujero de gusano» sí es un verdadero agujero de gusano. Un agujero negro de puta madre. Propuesta mía de conclusión: Que se cure el hombre de su maldito vicio de designar las cosas, que con tanta palabrería se enreda más.

Aparte de hermosa Brusca es traviesa, inteligente e ingeniosa. Miren las que me hace. Le he conseguido una pelota mágica de caucho sólido pero elástico, que cabe en el puño de una mano y que cuando uno la tira rebota y rebota y rebota contra lo «qui haiga», como diría el presidente. Se la tiro en el patio de atrás y la persigue de un muro al otro. La pelota le mama gallo un rato hasta que la perseguidora la agarra. Así mi niña hace ejercicio y no se me engarrota. «Brusquita, trae la pelota para volvértela a tirar», le digo. No la trae. Y si la trae no la suelta. En un descuido se la quito y se la vuelvo a tirar. Y otra vez a lo mismo. Así se nos va pasando el día. No se la tiro en el resto de la casa sino únicamente en el patio de atrás porque si lo hiciera entre la pelota y ella me dejarían sin casa. A ella quedarse sin techo no le importa. A mí un poco. Con las lluvias y durmiendo los dos en la calle nos puede dar reuma. Bueno. Sigo. Hay días en que, por su desocupación y despreocupación esenciales, Brusca no tiene nada que hacer y me esconde la pelota. ¿Dónde la habrá puesto esta muchacha?

—Brusquita, ¿dónde pusiste la pelota?

Ni se inmuta. Mira para otro lado. Se hace la desentendida. Entonces sigo:

—No me puedo seguir agachando a buscarla debajo de las camas porque estoy muy mal. Me dan mareos, ya sabes.

Sí sabe, pero no le importa. Al incorporarme, y después de buscar inútilmente debajo de las camas, se me baja la presión y protagonizo un agudo episodio de «hipotensión ortostática» como la llamamos los médicos: mareo o aturdimiento, desmayos o síncopes, visión borrosa o defectuosa, desorientación de la conciencia, náuseas y desequilibrio… ¡Por dónde no he buscado la pelota! Debajo de los muebles, encima de los muebles, en los redondeles de las enredaderas de los patios entre la maleza, en un rincón o en otro… No aparece y desisto.

—Si no hay pelota, Brusca, no hay juego de pelota. No puedo hacerla aparecer por la magia de Aladino. No volveremos a jugar y punto.

Y vuelvo al computador a insultar curas y papas. Un día después, o dos, aparece la pelota por la magia de Aladino, en el punto más visible del corredor o del cuarto.

—¡Brusquita, un milagro! ¡Apareció la pelota!

Y se va al segundo patio feliz y se alista para agarrarla cuando la tire como un pelotari, y en efecto, la cacha al vuelo.

Pero tanto va el cántaro al agua que al fin ¿se qué? La tiro y ¡pum!, da contra la puerta de rejas envidriadas entre las que está el comedor, que David situó muy acertadamente, para darle felicidad y aire, entre los dos patios, y quiebra un vidrio. «¡Vida hijueputa!» digo, que es lo que se dice en estos casos en Colombia. En México no me van a entender… No importa, yo tampoco los entiendo a ellos. Y me pongo a recoger los cristales rotos y los añicos no se me vaya a desangrar por una herida en una pata mi niña.

—¡Ay, Brusquita, te tocó un papá viejo y loco! Y muy torpe. Ya me llegó la hora de subir a la barca de Caronte, ¡pero cómo te dejo huérfana, sola y desamparada en este matadero humano! Definitivamente no me puedo morir. Para yo tener una buena muerte tengo que estar en paz conmigo mismo y con todos. Voy a llamar a la vidriería a ver si vienen y nos cambian el vidrio. Descansemos de juegos por unos días porque aquí el personal es muy incumplido. Y sí. Un mes después tomo de nuevo el teléfono y les pregunto:

—¿Qué pasó con mi vidrio que no lo traen? Lo encargué hace un mes.

—Ya van p'allá. Le llevan su vidrio en una moto. Van como un bólido.

—¡Que no se vaya a chocar el bólido por las prisas que me quiebra el vidrio!

El otro día, tratando de sacar la pelota de debajo de una cama, me di con la cabeza en el marco de hierro de la susodicha y me salió un chichón en la frente. Otro. Cero y van tres. Quedé vuelto un supercornudo que ni de Sicilia, Italia.

Emplazo a Bergoglio, que se hace llamar Francisco, a un debate público conmigo, que haremos en un seminario (si es que aún quedan) y en latín macarrónico (si es que todavía hay quien lo entienda) y que versará sobre estas tres verdades mías fundamentales: Una, Dios no existe. Dos, Cristo no existió. Y tres, el papado es criminal. Dicho lo cual me voy a dormir porque me siento mareado. Tengo tanto que contar... He sobrevivido a dos terremotos en México, a un incendio en California, a un tornado en Arizona, y hoy sobrevivo a diario a Colombia en Colombia. ¡Cómo no voy a tener que contar! Soy un narrador nato. Mi problema es la hipotensión y el desánimo, perdí las ganas. A ver cómo pinta el día mañana y si logro conseguir unos zapatos decentes, de los de antes, porque los míos tienen veinte años y están vueltos unas garras de tanto caminar su dueño por el combo planeta. No quiero tenis puercos de caucho de los de ahora, que no respiran, y en los que a la humanidad le dio por enchufar las patas. ¡Les he agarrado una tirria a los entenisados! Y a los motorizados. Motociclista al que arrolla un carro, y de ser posible un truck de los de dieciséis ruedas y otras tantas toneladas de carga, prueba la existencia de Dios. Si en nuestro debate en el seminario Francisco la propone, *assentior*. «En eso usted tiene la razón, Bergoglio, pero me mantengo en mi tesis de que su Vaticano ha sido siempre un nido de corruptos y que con usted sigue siéndolo. Y no digo que de víboras porque quiero a los animales y a ellas también las hizo Dios, ¿o no? ¿Entonces por qué su Hijo Cristo insultaba a los fariseos llamándolos "raza de víboras"? ¿No era un irrespeto al papá? Conteste, que los seminaristas están pendientes de su boca y de la mía a ver qué deciden de sus vidas. Sálganse de la Iglesia, muchachos, que esta institución putrefacta les quiere tonsurar el cráneo, les está lavando el cerebro y tatuando su estúpida cruz en el alma».

«Se ve que se la metieron», piensan los transeúntes y los conductores cuando ven una preñada caminando por las calles toda entamborilada a punto de estallar y poniendo cara de Gioconda. Y sí. Tienen razón. Lo digo porque les aplico mi lector de pensamientos, el que inventé aunque todavía no lo patento por lo mismo que dijo el bobo de Támesis, Antioquia, echándose una puta para ganarse veinte pesos de premio que le ofrecieron los mamagallistas del pueblo a ver si era capaz. Y fue. Y en la culminación del acto, yéndose por el indetenible abismo exclamó: «¡Y yo pa' qué quiero plata si me voy a morir!»

El otro día le enfoqué mi lector de pensamientos a uno que venía a contrasentido de mí por la acera de enfrente y le leí textualmente: «Ahí viene ese viejo marica con su perro». Le grité: «¡Aaaay, tan bonito él! ¡Con el peligro que corrés! Mirate en el espejo, ¡malparido!»

Lo dejé paralizado. Un día de estos me acuchilla esta raza asesina. El instinto homicida les viene grabado en los genes a los colombianos desde los albores de la especie, cuando en pleno paraíso terrenal Caín mató a su hermano Abel. Le despedazó la cabeza con una quijada de burro. Y Yahvé, que desde el cielo veía con sus propios ojos el asesinato de su preferido, se cruzó de brazos y se hizo el bobo. Él prefería a Abel, el carnívoro, porque le sacrificaba ovejas, en tanto que Caín, el herbívoro, le ofrecía frutos y verduras, que poco más alimentan por falta de proteínas. Además de malagradecido, calculador y traidor, Yahvé era pues un interesado, una especie de antioqueño.

Brusca también calcula. «Vení, amorcito» le digo, y le tiro un mendrugo de pan. Levanta a lo sumo las orejas y se queda en su sitio acostada. Si le tiro en cambio un pedazo de carne, se incorpora y viene corriendo por él. «Pan no amerita la levantada —razona—, carne sí». El cálculo energético y calórico es innato a todos los seres vivientes, de Yahvé p'abajo.

La monarquía, la democracia, la dictadura y la tiranía son simples formas del régimen de la cleptocracia que domina al mundo. No se mueve una hoja de naranjo sin su beneplácito. El gobernante o político es un ladrón. De mucho o de poco. Lo mínimo que se roban estos bandidos disfrazados de patriotas es el sueldo. A partir de ahora no lo cobrarán los congresistas, los ministros, los magistrados, los alcaldes, los gobernadores, etcétera. Ni yo, que en este idioma y en este país es el que dicta la norma. Si somos «servidores públicos» de ustedes los ciudadanos, en adelante les vamos a servir por puro amor, sin cobrar. Queda suprimida la prescripción del delito, y cuando la Constitución entre en conflicto con mis decretos, priman estos sobre esa puta. En la pila bautismal de la Iglesia del Sufragio del barrio de Boston de la ciudad de Medellín, país Colombia, la posteridad ha puesto una placa que informa que ahí me bautizaron. Me acuerdo muy bien de la ceremonia: el cura, de sotana blanca, cíngulo y estola, rociándome con un hisopo de agua bendita con microbios, sin hervir; y yo berreando y pateando como un endemoniado, con la cara enrojecida por la ira mirando al techo, hasta que me calmaba viendo los frescos de escenas bíblicas que habían pintado en él. Uno representaba el homicidio de Abel por Caín, dos hermosos jóvenes renacentistas, muy sexys y semidesnudos, de los que después me iban a gustar tanto a mí. En mi devota juventud solía regresar a esa iglesia de mi bautizo a ver el fresco, que me siguió perturbando por años. Los dos hermanos se amaban con un sano amor incestuoso. El homicidio del uno a manos del otro no pasa de una sublimación freudiana, libidinosa, de los anónimos autores del Génesis, una pandilla de hipócritas y reprimidos sexuales que se le arrodillaban a su dios carnívoro Yahvé, del que pretendían que eran su pueblo elegido.

Eran tres en la casa de un amigo mío: el padre, la madre y el hijo. Y se les planteó el problema de si recibían para que se fuera a vivir con ellos a una tía de la mamá, abandonada por los diecisiete hijos que tuvo y que querían acomodársela a estos parientes lejanos con la promesa de darles mensualmente no sé cuánta plata para la manutención de la vieja. Promesas de colombianos, ya saben, que nunca se cumplen: el primer mes el colombiano da, y al segundo se desaparece. El colombiano es un ser muy escurridizo y de repente deja de contestar el teléfono. Y entonces, ojos que te vieron un día nunca te volverán a ver. La madre quería recibir a la tía, pero el padre y el hijo no: argüían que les iba a trastornar la vida. Lo sometieron entonces a votación. El Sí (que sí la recibieran) sacó un voto, el de la mamá; y el No (que no la recibieran), dos, el del papá y el del hijo. Así que en este insólito caso el No ganó por mayoría simple y a la vez por mayoría absoluta: un solo voto calló a la tercera parte del electorado. Este sistema milagroso se llama «democracia», y lo dejé instalado en Colombia antecitos de dejar el mando tras haber ejecutado a veinticinco millones por ladrones, sobornadores, atropelladores, prevaricadores, traidores, mentirosos, ventajosos, parásitos, coimeros, vándalos y, lo digo relamiéndome la miel, las madres excesivamente paridoras. El «excesivamente» lo fui interpretando según las circunstancias y necesidades, mías y de la patria. El problema de la superpoblación del planeta radica en la superabundancia de madres. No sé por qué la Evolución las produjo. Sus razones habrá tenido pero se me hacen más tortuosas que las de Dios y las de Microsoft, cuyo dueño es un filántropo marrullero que da la millonésima parte de lo que se gana estafando y la cacarea a los cuatro vientos.

Las muertes de David, Argia, Bruja, Kim y Quina a quienes tanto quise me persiguen y me moriré huyendo de ellas pues solo me las borrará la Muerte. Alzheimer el milagroso, mi examigo, san Alois, cuya obra de misericordia se ha vuelto tan popular en estos últimos tiempos entre los viejos, a mí poco más me ha servido. Me salió el otro día con una explicación como de teólogo o de médico, que no explica nada: que los recuerdos imborrables no se podían borrar.

He hablado muy seriamente con la Muerte y le he hecho saber que aunque quiero su visita no la quiero. Que mientras viva Brusca yo tengo que vivir.

—Entonces lo voy a matar con ella —me dijo con voz cavernosa de transgénero o de lesbiana militante—. Se me va de viaje a París con su mascota para que le muestre la torre Eiffel, que ella no conoce, y en el regreso a Colombia les tumbo el avión sobre el mar y salgo de los dos juntos: se me van abrazaditos al lecho marino.

—Increíble que una señora como usted, de su categoría social e histórica (e histriónica), hable un lenguaje tan ordinario, tan corriente, tan vulgar. ¡Cómo se le ocurre referirse a un ser noble y de alma grande, inconmensurable, como es Brusca, con semejante calificativo de «mascota»! Ni que fuera usted vendedora de los almacenes Éxito... Cuando hablo por escrito me he referido siempre a su persona poniéndola con mayúscula: Muerte. En este instante mismo se la quito y pasa a minúscula. Y de paso se la quito también a su amo, Dios, el que le da las órdenes. Voy a acabar con la mayusculitis de la lengua española, que esto no es alemán de Hitler.

—Entonces ¿cómo se quiere morir? Hable, proponga, diga. ¡qué es esa discutidera!

—Me quiero morir sin darme cuenta, dormido y soñando con Brusca, y que ella se muera simultáneamente conmigo soñando conmigo, abrazados, queriéndonos. Que se murieran sin darse cuenta fue mi solución para las muertes de mi padre y de David, ¿sí las recuerda usted? ¿Y las de mis otras perras, las que tuve antes de Brusca? ¿Recuerda cómo procedí en todas esas muertes? Así quiero morirme,

Señora Muerte, sin darme cuenta, con piedad. No berreando como nací.

—Vamos a ver qué puedo hacer por ustedes dos porque tengo la agenda llena y no me doy abasto. Una no puede hacer más de lo que le da el cuerpo.

—No sabe lo que me conmueve con su expresión «no darse abasto». Hermosa. Me recuerda a mi abuela, que nos decía: «No me doy abasto con ustedes, muchachos, ¡qué niños tan inquietos!»

¡Cómo se podía dar abasto la pobre, santa Raquel Pizano, con ochenta nietos! Se casó con un Rendón, un loco, un hombre obtuso y terco como todos los de su apellido, trastornados de la mansarda. A los 19 años, y al primer dolor de muelas, este Rendón se hizo sacar los dientes, y que le pusieran una dentadura postiza para no tener que pagar dentista en lo que le restara de vida. Murió a los 75 años, veinte o treinta menos que los que tengo en el momento en que dejo fluir esta línea. Vivió pues este chaval con «caja de dientes» (como las llaman en este país marciano) 56 años. Fíjense a ver si saqué bien las cuentas, que por la edad estoy más bien defectuoso en matemáticas.

—Dos cajas de Captopril de los Laboratorios Genfar de 25 miligramos. Si tiene de 50, mejor, señorita.

—Sí hay.

—Sí hay de qué: ¿de 25, o de 50?

—De las dos.

—Deme entonces de las dos, más una ampolleta de Nitroglicerina de Sicmafarma. Y una jeringa pequeña de las que usan los diabéticos para que no me duela la inyección cuando me la aplique en la nalga. O mejor dicho dos por si se me cae una no me vaya a infectar con la que se cayó. O mejor dicho tres, no sea que me hagan falta. Y un dinitrato de isosorbide en tabletas sublinguales de los Laboratorios Bagó.

—No los trabajamos.

—Entiendo. Es que a esos laboratorios no los conocen ni en las casas de los dueños. Busque en el computador «Isocord» a ver qué le dice. Es el nombre comercial del producto.

—¡Ah! Ese sí está. ¿Algo más?

—Sí. Monis de Laboratorios Boeh Ingel en comprimidos. Y Prazosina, de Lafrancol, en tabletas.

—¿Praso qué?

—Prazosina, con zeta y ese.

—No aparece.

—Busque bien. Es un genérico.

—Sí está, pero agotado.

—Écheme las cajitas en una bolsa y para terminar me da un Verapamilo de Genfar.

—Hay de Abbott.

—Me da igual. Va pa' dentro.

Las medicinas son una caja negra de avión. Las que no son placebos y funcionan por convencimiento mental del paciente al estilo de los cuentos de la Iglesia católica tienen tantas contraindicaciones, efectos indeseados y riesgos de cruces mortales con otras, que «en caso de duda consulte a su médico». Los cuales, estos batiblancos hijueputas, en caso de duda consultan en la misma Red en que consultaron sus pacientes. ¿Pero es que han conocido ustedes un médico, uno al menos, que tenga dudas o problemas de conciencia? No los hay. Matan, cobran y se lavan las manos como Pilatos.

Salí de la Farmacia Pasteur provisto de lo suficiente para matarme con seguridad y asepsia. Llevaba nitratos orgánicos, antagonistas del calcio, vasodilatadores, hipotensores, de cuanto haya y cuanto haiga y pueda haber para bajarme la presión sanguínea a cero, y en cantidad suficiente para tumbar un *Tyrannosaurus rex*. Sirvieron para un carajo. La Industria Farmacéutica es una hampona. Compite con la Iglesia católica. Me tomé las pastillas con varios litros de agua y me inyecté los viales usando y reusando las jeringuitas. ¿Y qué creen? Seguí como si nada, preocupadísimo por la grave situación del mundo. ¡Qué ridículo el que hice ante mí mismo! No sé cómo tengo pantalones para contarlo aquí, yo soy un verraco. Y todo por no tener tres miserables poppers a la mano, pero es que la Ciudad de México no es Nueva York donde los conseguía en los baños turcos gays que frecuentaba un día por semana, religiosamente, como misa los domingos los católicos. En esos baños limpísimos y atestados de virus y bacterias, comulgaba varias veces en una sesión. Y precedía las comuniones con inhaladitas de popper. ¿Sí sabían que antes de aplicar los santos óleos los curas les soplan encima en forma de cruz? ¡Cuál peste! ¡Cuál sida! No existen más que en la imaginación de los corruptos. Lo que existe, y no me cabe duda, es el aquí y ahora.

Hora de los hechos, 6 de la tarde cuando empezaba a oscurecer, habiendo despedazado antes, concienzudamente, las cajas y los frascos, que tiré en los botes de basura de la cochera. «Esta será mi última bajada y mi última subida de esta maldita escalera por mi propio pie» pensé. Y que mi siguiente bajada sería con las patas por delante en la camilla de los camilleros de la funeraria de los García López, Calle General Prim Número 57 de la Colonia Juárez, Delegación Cuauhtémoc, Ciudad de México, donde me habían atendido muy bien dos días antes, cuando fui a pagar mi entierro. Magnífica funeraria. Con salas de velación ventiladas, cafetería, florería, ataúdes nacionales e importados, valet parking, vigilancia las 24 horas, «Sala de Último Adiós» e Internet inalámbrico en cada sala. Y si uno no quiere entierro con cura, va sin cura y cuesta menos. Se me hace que los

García López vienen de la noble tradición anticlerical mexicana que se remonta hasta don Benito Juárez, un apóstol, un santo, un benemérito. Recomiendo a los García López: entierran muy bien y nada caro. Los prefiero a los Hermanos Gayosso, unos enterradores peninsulares que se han hecho ricos en México enterrando ricos. En Gayosso el muerto tiene que comprar ataúd, así lo vayan a cremar, en cuyo caso el costolujosísimo féretro lo guardan los Gayosso para dárselo a los pobres. ¿A los pobres? ¡Se lo venden a otro rico! De todos modos los Gayosso también se mueren y los entierran, me imagino que los de su propia familia, porque no van a ir adonde los García López… Entre enterradores no se pisan las mangueras. Enterrador, médico y cura están emparentados con la Muerte. Sé de qué hablo, sé qué les digo, domino el tema, soy tanatólogo.

David no supo nada de lo que acabo de contar, no se dio cuenta, ya estaba más allá de las vulgares cosas, lo cual lo entendí plenamente unos días después, el 24 de octubre, cuando lo llevé a uno de esos atracaderos que llaman «clínicas» u «hospitales» a que le destaparan la uretra porque no podía orinar. Fue un desastre. Los dos meses y unos días que sobrevivió vivió con un dolor continuo en un costado. Tenía la vejiga y la uretra dañadas y la obstrucción era inoperable, estaba en la unión de las dos, no había salvación. Simplemente lo habían desobstruido transitoriamente metiéndole sondas de más y más grueso calibre. Hacia las 8 de la noche, bajo la lluvia y en una ciudad embotellada me lo llevé del hospital a la casa de su hermana, la que le quedaba, porque en nuestro edificio en ruinas, a oscuras y sin elevador no había forma de subirlo ocho pisos hasta el departamento. Y lo dejé esa noche al cuidado de su familia: le asignaron una habitación del piso de abajo, la que había sido la suya cuando muchacho. Al día siguiente su hermana les preguntó a sus hijos: «¿Y ese señor que está acostado en esa cama quién es?» «Es tu hermano» le contestaron. «¡Ah!» dijo ella. Ya la atendía el doctor Alois, mi médico. Estaba pues en las mejores manos.

Iba con Brusca por las mañanas a visitar a David. Unas semanas después me lo llevé de vuelta al departamento. Subimos de escalón en escalón, lentamente, la escalera. Abrí la puerta y lo recibió Brusca feliz, aunque desconcertada. Lo llevé hasta su cama y lo acosté. Brusca de inmediato se acostó a su lado. David quería la vida, yo no. Ni la pedí ni nunca la he querido. Si hubiera podido salvarlo dándole lo que me restara de la mía, lo habría hecho y así habrían quedado él y Brusca acompañándose. Pero la realización de un deseo así es imposible y yo no podía cargar con la muerte suya, no concebía la vida sin él. Tal la situación cuando mi fallido intento de marcharme, por desesperación, al otro lado. «Pero el hombre propone y Dios dispone», habría dicho mi madre, una estúpida.

Las semanas que siguieron desde el regreso al departamento hasta su muerte las pasé poniéndole y quitándole sondas, bajando y subiendo la escalera para sacar a la calle a Brusca o comprar de comer. Eran noches de invierno y Brusca se acostaba a un costado de él, donde le dolía, para mitigarle el dolor y el frío. Cuando David murió encerré a Brusca en el cuarto contiguo para que no lo viera muerto, llamé a la funeraria y en poco tiempo llegaron. «Bajo enseguida» les dije a los camilleros por el interfón, y bajé alumbrándome con una linterna. Las muertes de mi padre y de David, de Argia, Bruja, Kim y Quina, nuestras perras, me acompañarán hasta la mía. A unos y a otras los ayudé a morir. Los ojos abiertos de Quina después de que murió y que en mi desesperación no cerré no los logro borrar de la memoria. Por lo menos ella y los otros no supieron que se estaban muriendo.

Este libro se terminó
de imprimir en
Móstoles, Madrid,
en el mes de
septiembre de 2021

«Para viajar lejos no hay mejor nave que un libro.»
EMILY DICKINSON

Gracias por tu lectura de este libro.

En **penguinlibros.club** encontrarás las mejores
recomendaciones de lectura.

Únete a nuestra comunidad y viaja con nosotros.

penguinlibros.club

Penguin
Random House
Grupo Editorial

 penguinlibros